魔法少女育成計画
episodes
遠藤浅蜊
Endou Asari
Illustration
マルイノ
ねむりんの冒険

マジカルデイジー
第二十二話
主題歌
「ハロー★デイジー」
「パピプパレット!」
作詞 asr.
作曲 Fav.
編曲 Fav.
唄 ラジカルシスターズ
（マジカルレコード）
ミラクル ロジカル シニカル マジカル デイジー

チェルナー・
ブリスマス
「ありがとね！　トモキ！」
「いやあ、大したことじゃ」
「トモキが大人になったら
ファミリーに入れてあげるね！」

「後は任せる」
地面に倒れ伏した美千代が
ぼそりと呟いた。顔を上げる力も残っていない。
「あいつらぶん殴る役目は……
あたしよか陽真理向きだから……」
娘々@N市

魔法少女育成計画

episodes

Presented by Endou Asari
遠藤浅蜊
Illustration マルイノ

KL! このラノ文庫

ENTS

CONT

※『ねむりんの冒険』～『娘々@N市』までの八編は、『このライトノベルがすごい！文庫 スペシャルブログ』にて掲載された特別短編を加筆・修正したものです。

イラスト：マルイノ
デザイン：AFTERGLOW

『魔法少女育成計画』

ルーラ

木王早苗《もくおう・さなえ》

目の前の相手に
なんでも
命令できるよ

スノーホワイト

姫河小雪《ひめかわ・こゆき》

困っている人の
心の声が
聞こえるよ

たま

犬吠崎珠《いぬぼうざき・たま》

いろんなものに
素早く穴を
開けられるよ

リップル

細波華乃《さざなみ・かの》

手裏剣を
投げれば
百発百中だよ

ねむりん

三条合歓《さんじょう・ねむ》

他人の夢の中に
入ることが
できるよ

カラミティ・メアリ

持ってる武器を
パワーアップ
できるよ

トップスピード

室田つばめ《むろた・つばめ》

猛スピードで
空を飛ぶ魔法の
箒を使うよ

あらすじ

大人気ソーシャルゲーム
『魔法少女育成計画』は、数万人に
一人の割合で本物の魔法少女を作り出す
奇跡のゲームだった。幸運にも魔法の
力を得て、充実した日々を送る少女たち。
しかしある日、運営から「増えすぎた
魔法少女を半分に減らす」という一方的な
通告が届き、十六人の魔法少女による
苛烈で無慈悲なサバイバルレースが
幕を開けた……。

CHARACTER
ミナエル
天里美奈《あまさと・みな》
生き物以外の好きなものに変身できるよ
ユナエル
天里優奈《あまさと・ゆな》
好きな生き物に変身できるよ
ハードゴア・アリス
鳩田亜子《はとだ・あこ》
どんなケガをしてもすぐに治るよ
ヴェス・ウィンタープリズン
亜柊雫《あしゅう・しずく》
何もないところに壁を作り出せるよ
ラ・ピュセル
岸辺颯太《きしべ・そうた》
剣の大きさを自由に変えられるよ
シスターナナ
羽二重奈々《はぶたえ・なな》
好きな人の力をめいっぱい引き出せるよ
スイムスイム
坂凪綾名《さかなぎ・あやな》
どんなものにも水みたいに潜れるよ
マジカロイド44
安藤真琴《あんどう・まこと》
未来の便利な道具を毎日ひとつ使えるよ
森の音楽家クラムベリー
音を自由自在に操ることができるよ

成　計　画　restart』

あらすじ

「魔法の国」から力を与えられ、
日々人助けに勤しむ魔法少女たち。
そんな彼女たちに、見知らぬ
差出人から『魔法少女育成計画』
という名前のゲームへの招待状が
届いた。死のリスクを孕んだ、
理不尽なゲームに囚われた
十六人の魔法少女は、
黒幕の意図に翻弄されながらも、
自分が生き残るために
策を巡らせ始める……。

のっこちゃん
野々原紀子《ののはら・のりこ》

まわりの人の
気分を
変えられるよ

ペチカ
建原智香《たてはら・ちか》

とても美味しい
料理を
作れるよ

@娘々《あっとまーくにゃんにゃん》
棚橋陽真理《たなはし・ひまり》

お札の中に
ものを
閉じこめられるよ

リオネッタ

人形を
思い通りに
操ることができるよ

クランテイル
尾野寧々《おの・ねね》

半分だけ
いろんな動物に
変身できるよ

夢ノ島ジェノサイ子《ゆめのしまじぇのさいこ》
園田かりん《そのだ・かりん》

魔法のスーツで
どんな攻撃でも
へいきだよ

マジカルデイジー
八雲菊《やくも・きく》

必殺の
デイジービームを
撃てるよ

御世方那子《みよかたのなこ》
アンナ・サリザエ

どんな動物とも
友達になれるよ

C　T　E　R

『魔法少女育

ラピス・ラズリーヌ

宝石を使って
テレポートできるよ

ディティック・ベル

氷岡忍《ひおか・しのぶ》

たてものと
お話できるよ

プフレ

人小路庚江《ひとこうじ・かのえ》

猛スピードで
走る魔法の
車椅子を使うよ

アカネ

不破茜《ふわ・あかね》

見えている
ものならなんでも
斬れるよ

メルヴィル

久慈真白《くじ・ましろ》

色を自由に
変えられるよ

シャドウゲール

魚山護《ととやま・まもり》

機械を改造して
パワーアップ
できるよ

キーク

電脳空間で
自由自在に
行動できるよ

チェルナー・マウス

ものすごく
大きくなれるよ

マスクド・ワンダー

三田好《みた・このみ》

いろんなものの
重さを
変えられるよ

C H A R A

ねむりんの冒険

『魔法少女育成計画』のマジカルキャンディー競争が
始まったばかりの頃のお話です。

怪獣の進撃は誰にも止められない。警察、自衛隊、米軍、法、倫理、情、あらゆる拘束《こうそく》が怪獣を止めるに至らない。拳銃や機関銃程度はいうに及ばず、戦車砲やミサイルであっても皮膚を煤《すす》けさせることしかできず、泣き叫び逃げ惑《まど》う者は女子供だろうと容赦なく踏み潰《つぶ》される。

暴力衝動の塊である怪獣には、矮小《わいしょう》な人間達がこせこせと作り上げた小賢《こざか》しい建造物など我慢ならない。節《ふし》くれ立った真っ黒な前脚を振るって国会議事堂を叩き壊し、尻尾の一振りでスカイツリーをへし折った。ギラギラと牙が光る口から放射された熱光線は、一撃で都庁を爆裂四散《しさん》させた。

少年はビルの屋上から怪獣を見ていた。

膝《ひざ》が震えて立っていることができず、自殺防止用の金網にしがみついていた。自由気ままに破壊活動を繰り広げている黒い生き物が恐ろしくてたまらなかった。

怪獣は破壊の喜びを抑えきれず大きく咆哮《ほうこう》し、ビルのガラスを鳴動《めいどう》させた。高ぶった感情が遠吠えだけで収まるはずはなく、激越《げきえつ》な思いがこもった赤い瞳で周囲を見回し、ビルの屋上で震えていた少年と目が合った。

怪獣の大きさは優に五十メートルを超える。それだけの巨体が、どうして身長一メートル半にも満たない少年と目が合うのかわからない。だが、確かに視線が合った。

怪獣は口元を歪《ゆが》めて牙を見せつけた。笑ったのだろうか。

ずしん、ずしん、と道路に足型をこさえながら少年に近づいてくる。少年は逃げようと思ったが、足が動かなかった。避け切れない死を実感し、少年は叫んだ。

「た……助けてえっ！」

「任せなさい！」

少女の声が少年の叫びに応え、同時に声の主が姿を見せた。金網の上に立ち、怪獣から少年を守るように立ちはだかっている。服装はパジャマ。右脇に枕を抱き、身長より長い髪をビル風になびかせていた。

「街を壊し人を傷つける悪い怪獣めえ！　魔法少女ねむりんがやっつけてやるう！」

金網から跳び、空中で鋭角に折れて怪獣の眉間《みけん》に着地し、蹴りつけた。ミサイルや戦車砲を受けて小揺るぎもしていなかった怪獣が、泣き声を上げた。少女は蹴り、殴り、枕で叩き、その度に怪獣は、実に哀れっぽい声で受けたダメージを表現している。

少女は逃げ出そうとした怪獣に追いすがり、尻尾を掴《つか》み、ぶんぶんと振り回し、叩きつけた。衝撃。縦揺れ。道路が陥没《かんぼつ》し、ビルが傾《かし》いだ。叩きつけられたダメージもさることながら、振り回されたせいで怪獣の目が回っている。

動きを止めた怪獣に対し、少女は眉間に両の人差し指を当ててポーズを決めた。

「ねむりんビィーム！　びびびびっ！」

稲妻状にギザギザと折れ曲がるビームが眉間から放たれ、巨大な怪獣を金色の光が包み込んだ。黒い皮膚が薄い緑色に変化し、角や牙が短くなり、サイズが一回り小さくなった。

「あなたを操《あやつ》っていた悪い心を浄化しました。さあ、南の島へお帰り」

怪獣は立ち上がり、少女に対してぺこりと頭を下げ、どこか爽《さわ》やかな足取りで立ち去っていく。少女は、しばしの間、去っていく怪獣の背を見つめた後、とうっと飛び上がり空に消えた。

少年は唖然《あぜん》としてその光景を見つめていたが、ほどなくして「いつまで寝てるの！　また遅刻するよ！」という母の怒鳴り声で目を覚ました。

◇◇◇

ここは夢と現実の境目。

ふわふわの真っ白な雲がどこまでも果てしなく続いている。まるで綿飴《わたあめ》のようで、実際、口に含むとほんのり甘い。四方を囲む雲と同じ材質で天蓋《てんがい》が形作られ、その下にはソファーとクッションが用意されている。

魔法少女「ねむりん」は、長い長い髪を雲の床に垂《た》らし、ソファーにちょこんと腰掛けて魔法の端末を操作していた。画面からは立体映像のマスコットキャラクター「ファヴ」が浮かび上がっている。

魔法の端末には七兆五千三十六億八千五百六十八万九千九百二十一という数字が表示されている。ねむりんの所持しているマジカルキャンディーの数だ。

「今日の怪獣退治でいよいよすごい数になっちゃったねえ」

「あれだけ世界だの宇宙だの救っていればそうなるぽん」

「これってカンストあるの？」

「カンストってカウンターストップ？　数字の上限は設定上あるのかもしれないけど……実際そこまで貯めた魔法少女っていないぽん」

「ふうん。じゃあもっと頑張って貯めて、初めてキャンディーをカンストさせた魔法少女になろうかな」

「どうせなら現実で頑張ればいいぽん」

「現実で頑張ったら疲れるもーん」

夢の中で稼いだマジカルキャンディーは夢の世界でしか通用しない。夢の中でどれだけ荒稼ぎしようと、現実世界ではねむりんのキャンディーはゼロのままだ。つい先日発表された「マジカルキャンディーの少ない者から魔法少女をやめてもらう」というルールの下では真っ先に脱落してしまうだろう。

ファヴはしつこく「現実でキャンディーを稼ぐべきぽん」と主張していたが、ねむりんがその主張に耳を傾けたことはない。

魔法の端末を持ったまま、こてん、と横になってソファーの上に寝転がった。

ねむりんは夢と現実を行き来することができる魔法少女である。夢の中では邪神《じゃしん》だろうと大怪獣だろうとちょちょいのちょいでやっつけてしまえるねむりんだが、現実世界では現実の理《ことわり》に縛られる。

「現実世界は他の子に任せてもいいんじゃないかなあ」

「やる気ないぽん」

「夢の世界はねむりんが頑張るから……」

『魔法少女ガ夢ヲ見テルヨ！』

突然、髪の毛の先を飾る「ねむりんアンテナ」が声をあげ、ねむりんは飛び上がった。どうやら知り合いの魔法少女が夢を見ているようだ。

「見に行くぽん？」

「当然！」

ねむりんが指をスナップさせると雲の中から一枚の扉がせり上がってきた。

木製の大きく分厚い扉は、古びているようでいて傷も汚れもない。ねむりんはドアノブに手をかけ、捻《ひね》った。鍵はかかっていない。

三条合歓《さんじょうねむ》は幼い頃から筋金入りのインドア派だった。

喘息《ぜんそく》が酷く、そのため自由に外で遊ぶことができず、兄や姉が「今日はこんなことをして遊んだ」とか「誰それがこんな話をした」という体験談を面白おかしく聞かせてくれるのを好んだ。合歓は聞き上手……というより、兄や姉の話を聞くのが心底から楽しく、そんな合歓を見て兄も姉も喜び、失敗も秘密もなにもかも話してくれた。

小児喘息は小学校に上がるまでにほぼ完治したが、合歓の性情はそれまでに決定されたといっていい。自分で動くより他人が動くのを見るのが好き。一生懸命と争い事が苦手。消極的というわけでもないし、他人とのコミュニケーションが苦手というわけでもない。友達はいる。ただ動きたがらない。自分で実際に経験するよりも、話してもらったことを想像する方が楽しかった。

大学を卒業してからも家事手伝いと称して読書とゲームに勤《いそ》しんでいたが、両親も兄も姉も合歓を叱ることはなかった。寛文《かんぶん》の頃から続く大地主で、大きな物から小さな物まで、合計七つのマンションを所有している三条家には経済的な余裕があり、家族はのんびり屋の合歓を愛し、甘やかしていたからだ。

数万人に一人の割合で本物の魔法少女を作り出す奇跡のゲーム……そんな評判を聞きつけて始めたソーシャルゲーム「魔法少女育成計画」によって魔法少女ねむりんになってからも彼女のライフスタイルは変わらない。面倒は嫌。争い事は嫌い。キャンディーの数でみんなと争うくらいなら最初から集めない。夢の中で大活躍して、現実世界では週に一度の、魔法少女しか参加できない専用チャットを楽しむ。

同じくゲームによって魔法少女になった同輩達、スノーホワイトやラ・ピュセル、シスターナナの活躍を聞き、魔法少女まとめサイトで活動をチェックし、さらに夢の中にお邪魔する。

夢の世界はねむりんの世界だ。直接会ったことがある相手であれば、誰が夢を見ているのか、夢と現実の境目でつぶさに把握できる。夢を見ている魔法少女がいれば即駆けつけて彼女達の夢を視聴し、時には参加する。魔法少女が魔法少女としての夢を見ることは珍しいので、チャンスは絶対に逃《のが》してはならない。

スノーホワイトは歌って踊れるアイドル魔法少女としてデビューしていた。

シスターナナはお城の塔に閉じ込められているところを王子様から助け出されていた。

トップスピードは魔女の箒《ほうき》レースで優勝していた。

ウィンタープリズンはマンションの一室でシスターナナといちゃいちゃしていて、ねむりんとしても見るに耐えず途中で視聴を打ち切った。

ラ・ピュセルはドラゴン退治をしていた。彼女がドラゴンに押し込まれ、あわやというところにねむりんが舞い降りたのだ。押されているラ・ピュセルを救うべく、ドラゴンに向けてねむりんが投じた石は、狙い誤ってラ・ピュセルの後頭部を直撃した。ねむりんは慌《あわ》てて逃げ帰ったが、翌日のチャットでラ・ピュセルが「朝起きると、なぜか大きなこぶが頭にできていた」とぼやいていた。ねむりんは心の中でこっそりと謝った。

ファヴからは覗《のぞ》き屋だの出歯亀《でばがめ》だのストーカーだのと馬鹿にされていたし、ねむりんも罪悪感を抱いていないわけではなかったが、知り合いの魔法少女達はみんな謝れば許してくれそうな人達であるため、心の中で謝っておくことにし、今日も夢を見に出向く。

軋《きし》む大扉を開け、雲の道を潜《くぐ》り、雲しかない「夢と現実の境目」から、なんでもある「夢の世界」へ抜けていく。柔らかな雲が固い石畳に変化し、人が増え、いつしか立錐《りっすい》の余地もないほど人で埋まっていた。人いきれにゲップが出そうになる。

中世ヨーロッパ風の町は、お祭りのような大騒ぎだ。皆が皆、興奮している。熱狂の渦《うず》の中心にはなにかがいる。ねむりんは暑苦しい空気を避けて飛び上がり、宿屋らしき看板を下げた建物の屋根に腰を下ろした。

騎士や兵士、女官や道化師、どんちゃかぶんぶかと大騒ぎする楽団を率《ひき》い、行列の先頭には輿《こし》に乗ったお姫様がいた。

「ん？」

目を凝《こ》らす。お姫様には見覚えがあった。といっても実際に見たわけではない。魔法少女チャットで見たことがある。アバターの中にいたはずだ。

「あれは確か……ルーラ？」

チャットには一度か二度来ただけだったが、ねむりんは覚えていた。ルーラで間違いない。群衆もルーラ様、ルーラ様と叫んでいる。

ねむりんは魔法の端末を起動し、ファヴを呼び出した。

「はいはい？」

「ねえ、ファヴ。あのお姫様ってルーラで合ってるよねえ？」

「合ってるぽん」

「ねむりんの魔法は直接会った人の夢しか見ることができないんじゃなかったっけ？　ルーラと直接顔を合わせた記憶がないんだよ？」

「どこかで人間の時に会ったとか？」

「ああ、そういうのもありなんだ……あれ？」

よくよく見れば、輿に乗ったルーラの輪郭《りんかく》がわずかにぼやけていた。

「ルーラがこの夢の主じゃないんだ。あのルーラ、夢だ」

夢の世界はねむりんの世界。ねむりんには、夢の中の登場人物の内、誰が夢の一部分で、誰が夢を見ている本人かもなんとなく感じ取ることができる。

ルーラの夢ではない。誰かがルーラを夢に見ているのだ。

ねむりんアンテナの感度を上げ、周囲を見渡す。一人の少女に目が留《と》まった。

群集から一人離れ、周囲の熱狂とはまた違った雰囲気でルーラを見ている少女……小学校一年生くらいだろうか。けっこうかわいい。あの少女がこの夢の主だ。人間に見えるが、ねむりんアンテナの反応は魔法少女のそれである。魔法少女に変身する前の姿で夢を見てるということだろうか。

ねむりんは宿屋の屋根からふわふわと飛び上がり、くるくるっと女の子の隣に着地した。女の子は突如降ってきたねむりんを完全スルーでルーラを見つめている。

ねむりんは女の子の顔を見た。そういえば近所でこんな子を見たことがあったようななかったような気がする。登下校の時に挨拶《あいさつ》されたようなそうではないような。

女の子はきらきらとした憧れに満ちた目をルーラに向けていた。

「ルーラが好きなの？」

ねむりんの質問に対し、ルーラに目をやったままで、こくり、と女の子が頷いた。

「ルーラは可愛いからねえ」

「可愛いし、格好いいし、お姫様だから」

「そっか。やっぱりお姫様はいいよねえ」

「うん。私は大きくなったらお姫様に仕《つか》える人になる」

「仕えるなんて難しい言葉知ってるんだねえ」

「うん」

「そうだねえ……お姫様に仕えるんじゃなくて、あなたがお姫様になるのはダメかな？」

「えっ」

女の子が初めてルーラから視線を外した。驚きに目を見開いてねむりんを見ている。

ねむりんは、女の子の視線に合わせて腰をかがめた。

「きっとなれるよ。女の子は誰しもお姫様候補なのさ」

「私が……お姫様に……なる……」

呆然《ぼうぜん》と呟《つぶや》く女の子の頭をよしよしと撫《な》で、ねむりんは飛び上がった。

小さな子供の夢というやつは、恐れも憧《あこが》れも非常にわかりやすい。大人のように照れや虚栄《きょえい》で隠そうとしないのだ。そういう夢を横から眺《なが》めるのは大好物だった……が、今日は大きなため息が出た。

夢と現実の境目を目指して空を駆けながらも先ほど見た女の子が脳裏《のうり》にこびりついて離れてくれない。

「どうしたぽん？」

心配している、という言い口ではない。ファヴの声は単に気になっているという好奇心を全面に出していて、ねむりんはまた一つため息を吐《つ》いた。

「いやあ……さっきの女の子のキラキラした目を思い出すとさ。急に自分が汚れた存在に思えてきたっていうか。若い子っていうのは目に毒だよねえ」

「まあ実際汚れてるしね。覗き趣味の魔法少女なんて他にいないぽん」

「もうちょっと慰めたりする気、ないかなあ？」

「ないぽん」

「あんまりだよ」

競争に参加したくない、というのが理由だった。マジカルキャンディー数を競うという競技に参加することを拒否する、という意味合いで、ねむりんはキャンディーの収集を半《なか》ばボイコットしていた。

しかしその理由は変わってきたような気がする。

あの女の子が見せた真っ直《ます》ぐな憧れ。純粋な想い。変身していなかったにもかかわらず、眩《まぶ》しいくらい「魔法少女」していた。

あの子もこの町の魔法少女なのだろう。魔法少女である以上、キャンディー集めには参加せざるをえないはずだ。だが、あの子にキャンディー競争という「染み」や「傷」を与えるのは少しでも先に延ばしたい。ねむりんがなにもせずただの人間に戻れば、それだけあの子は純粋なままでいられる……かもしれない。

「このままだと週末のチャットでねむりん脱落しちゃうぽん」

「そうなるねえ……楽しかった魔法少女生活もおしまいかあ」

「ねむりんは魔法少女やめてどうするぽん？」

「そうだねえ」

左に首を曲げ、右に首を曲げ、胸いっぱいに空気を吸い込んだ。夢の世界の空気は濃く、甘く、どこか切《せつ》ない。

飛びながら足元に目をやると右の靴下がずり下がっている。靴下を引っ張り上げ、ねむりんは呟いた。

「ニート卒業して就職活動しよっかな」

目の前にはどこまでも白くだだっ広い雲海が広がっている。

ねむりんは思った。今日は良い夢が見れそうだ、と。

ロボットと修道女

『魔法少女育成計画』のゲームが始まるだいぶ前、
まだN市の魔法少女が少なかった頃のお話です。

やりたくないことは絶対にやらない。

万事にいい加減な安藤真琴《あんどうまこと》が唯《ただ》一つ持っていたこのポリシーにより、彼女は受験に失敗し、中卒フリーターとなった。なるべくしてなったことだと親はいう。本人だってそう思う。でもやりたくないことはやりたくないのだから仕方ない。

中学を卒業してぷらぷらしている真琴を捕まえ、親はやりたくないことを強制しようとする。だから友達の家を泊まり歩く。自宅には二週間に一度しか戻らない。

バイト先のコンビニで廃棄《はいき》予定の弁当をこっそり抜いて持ち帰る。公園の水飲み場で喉《のど》を潤《うるお》す。食べられる野草とみればビニール袋に詰めて持ち帰る。仲良しのホームレスの後ろについて炊《た》き出しに並ぶ。駅で乗り換える際、鼻腔《びくう》をくすぐる立ち食い蕎麦《そば》の匂いに対し、三十回中二十九回は耐えてみせる。

親のいうことを聞いて真面目に勉強するよりも、こういったその日暮らしの方が性《しょう》に合った。堪《こら》え性があるのかないのか自分でもよくわからない。

「真琴けっこー可愛いんだしさー。もうちょっとお金の稼ぎようあるじゃん?」とアドバイスしてくれた友人は「良い人」を紹介してやるとまでいってくれたが、真琴はその日以降、彼女の連絡先を携帯から消去し、付き合いを綺麗さっぱりなくしてしまった。

幼さを残しながらも残酷さや狡猾《こうかつ》さを先に感じる彼女の声は好きだったが、彼女と一緒にいれば「やりたくないことをやらされる」気がしたからだ。

このように「やりたくないことをやらされる」ことには敏感だった。逆に、それ以外には無頓着《むとんちゃく》だった。十五歳という年齢を誤魔化して働くし、品性下劣《げれつ》な相手におべっかも使うし、賭け麻雀をする時は小手先のイカサマで貧乏人から巻き上げる。プライドが高いというわけではないのだ。あくまでも、やりたくないことを絶対にやらない。

その日、真琴が友人から引き受けた作業も「やりたくないこと」であればけしてやらなかっただろう。面白みがなく純粋に「作業」だったが、やりたくないというわけではなかったため、一晩泊めてもらうことを条件に引き受けた。

「それじゃよろしく頼むねー」

彼女は学校に行き、後には真琴とスマートフォンだけが残された。雑多な雑誌類が雑然と積み重ねられるという雑な部屋で、ソファーに寝転んでスマートフォンを操作する。操作方法については、すでに説明を受けていた。やるべきことは決まりきっているため面倒というわけではない。

「魔法少女育成計画」の色鮮やかなロゴが浮かび上がってくる。教えられたＩＤとパスワードを入力すると画面にアバターが現れた。

「魔法少女育成計画」だったはずだが、アバターはロボットを模《も》していた。背中のブースターも腰のウイングも赤い目も全てが魔法少女には見えない。ＮＰＣや他のアバターと比べると、やはり浮いている。なぜこんなアバターにしたのだろうか。部屋の中をちらと見回してみると、雑誌の中に何冊かロボット専門の月刊漫画誌が混ざっている。さらにプラモデルの箱が昨日食べたコンビニ弁当の下にあった。

ロボットが好きだという話はこれまで聞いたことがなかったが、そういえば付き合っている男の影響を受けやすい子ではあった。なるほどなーと頷《うなず》きつつ作業を開始する。

ゲーム内の闘技場で一定回数戦う。それにより特別なカードの入手条件を満たす。ただしその一定回数というのが非常に多い。回数を知って諦《あきら》める者も少なくないのだそうだ。

真琴の友人は諦めなかった。諦めず、闘技場での戦いを真琴に投げた。そういえば真琴が子供の頃にもRPGのレベル上げを弟妹に任せているやつが何人かいた。こういうものは年齢を重ねても変わらないのかもな、と真琴はぼんやり考えた。

単純作業だ。「魔法少女育成計画」は完全無課金を謳《うた》い文句にしていたが、それでも真琴にいわせれば時間の無駄に他ならない。同じ娯楽なら金になるものだってある。無料で暇潰しをするくらいなら小銭を稼いだ方がいい。

「やるやつの気がしれない」とか「私ならもっと魔法少女らしいアバターを選ぶのに」などと考えながらボタンを押し続けていると、ファンファーレが鳴り響いた。戦闘回数をクリアしたのかと思って画面を見ると、そこには球体が浮かんでいる。

「おめでとう！　あなたは魔法少女に選ばれたぽん！」

なにが起こったのだろう。ろくに画面も見ずボタンを連打していたが、ひょっとして間違った操作をしてしまったのだろうか。もしそうだとすればまずい。やり直せるものならいいが、取り返しがつかないものなら大変だ。金で払えといわれることはないにしても、無料でネイルアートしてくれる友人を失うのはかなりの痛手だ。

「どうしたぽん？　魔法少女になれて嬉しくないぽん？」

「ちょっと黙ってて。そんなこと聞いてる場合じゃないから」

「黙ってろとか酷いぽん」

「ぽんぽんうるさい。語尾を特殊にすれば可愛いとでも思ってんのか。鬱陶《うっとう》しい」

ここまでいって、画面内の球体と会話が成立していたことに気がついた。白と黒の球体はふわふわと漂い、周囲にはリンプンが漂っている。その目は子供の悪戯《いたずら》書きにも見える簡素なものだったが、目の光には確かな意思がこもっていた。

そうだった。ソーシャルゲーム「魔法少女育成計画」には一つの噂がつきまとっていた。数万人に一人の割合で本物の魔法少女を生み出す奇跡のゲーム。

こうして真琴は――自分の所持するゲームでも自分で作ったアバターでもないのに――魔法少女「マジカロイド44」になってしまった。

◇◇◇

「理想の王子様に出会ったのです」

いい切った魔法少女「シスターナナ」の目は据《す》わっていた。マジカロイド44は「ちょくちょく布教に来てた宗教の人っぽいな」という的外《まとはず》れな感想を抱いた。

シスターナナは理想の王子様がいかに素敵な存在であるかを朗々《ろうろう》と語り、格好良くて美しく学識豊かでスポーツ万能、皆から慕《した》われていて私のことをなにより大切に思っていてくれるとのろけ倒し、マジカロイド44はうんざりしながらもそれを聞いた。

魔法少女になった際のレクチャー役が常識も良識もぶっちぎった無法者「カラミティ・メアリ」だったこともあり、マジカロイド44の中では魔法少女＝非常識の図式が出来上がっている。

「王子様が素敵であることは理解できたデス」

「そうですか。それはよかったです」

「で、ワタシに御用というのはなんデス？」

魔法少女チャットで知り合ったシスターナナから直《じか》に会いたいという申し出があり、どうせ変なやつなんだろうと予想しながらもそれを受けた。なぜなら面白そうだからだ。

待ち合わせ場所の水代町《みずしろちょう》ビル屋上で実際に会ってみると、確かにシスターナナは変なやつだった。優しげな表情、きらきらとした目、修道服をモチーフにしたコスチュームと実際の修道女に似せながらも、話すことは理想の王子様がどうこうと修道女に似つかわしくない。粗暴で偉ぶっていたカラミティ・メアリとは別ベクトルで「変なやつ」だ。

シスターナナはにっこりと笑った。シスターの背後に浮かぶ月や雲はともかく、ビルの鉄柵や貯水タンクという情景がなんとも似合わずシュールさを醸《かも》し出す。

「マジカロイド44さんは二十二世紀からいらした魔法少女型ロボットだそうですね」

「ああ、そういう設定だったデスね」

「便利な道具をたくさんお持ちだとか」

「便利じゃない道具の方が多いデスけどね」

「それを一つお貸ししていただくことはできないでしょうか」

シスターナナはさらに語った。

理想の王子様は文字通り理想の王子様だったが、唯一つ、魔法少女ではないというのが理想という言葉に傷をつけているのだという。理想の王子様というからにはいざという時守ってくれるからこその理想の王子様であり、魔法少女でないならば魔法少女であるシスターナナの方が腕力で勝《まさ》っているのは当然というわけで、そうなればむしろシスターナナが守ってあげなければということになる。それでは理想の王子様は理想の王子様になることができないではないか。シスターナナと同じステージに立ってこその理想の王子様だというのに。

正直なにをいっているのかよくわからなかった。

「と、いうわけで。魔法少女になる手助けをしてあげたいのです。そのための道具をお貸ししていただけないでしょうか」

シスターナナは茶色の封筒を取り出した。定型内の封筒が、ビル風に吹かれてひらひらと揺れている。

「失礼を承知で御礼も用意いたしました。些少ではありますが……」

シスターナナがなにをいっているかは相変わらずわからなかったが、わからなくても別に良いということは理解できた。封筒を受け取り、中身を確認すると諭吉が一人。そういえばチャットで「魔法少女は苦労があっても金にならない」とぼやいた気がする。シスターナナはそれを覚えていたのかもしれない。

「お力添えいただけないでしょうか？」

シスターナナは天使のような笑顔でにっこりと笑っている。マジカロイド44は咳払いし、腰部ウェポンラックに手をつっこんでごそごそと漁《あさ》り、中から一つの装置を取り出した。目覚まし時計くらいのサイズで、メーターやらなにやらでゴテゴテしている。

マジカロイド44には出した物の正体がわかる。これは昆虫雌雄《しゆう》鑑定機だ。文字通り昆虫のオスメスを鑑定することができる。

これで人間を魔法少女にできるかと問われれば否《いな》である。しかしお金は欲しい。だがアイテムを変えることはできない。どうすべきか。

「これは……？」

「ちゃちゃちゃちゃっちゃちゃちゃーん。『昆虫雌雄鑑定機』デス。その名の通り昆虫のオスメスを鑑定することができる便利な道具デス」

「どういう意味があるのでしょうか？」

「昆虫という生き物は宇宙や異世界からの来訪者という説さえある神秘的な生き物デス。そのようなファンタジッククリーチャーとの触れ合いにより、魔法少女の才能を伸ばすことがある……といえなくもないわけでもないかもしれないのデス」

最後の方は小声かつ早口だったが、それでもシスターナナは「本当ですか！　それはよかったです！」と大喜びで受け取ってくれた。金欲しさにでっち上げた説明を真に受けてくれたようだった。


魔法少女は金にならない。

正体を明かしてはならないという制度や、人助けによってマジカルキャンディーを集めようというシステムが金儲けに適していない。カラミティ・メアリは反社会的団体に力を貸すことで報酬を得ていると得意げに話していたが、同じことをしようとすればそれ即《すなわ》ちカラミティ・メアリの縄張《なわば》りを荒らすということに他ならず、マジカロイド44にそんなことをする度胸はない。

反社会的でない団体の場合は魔法少女のルールに抵触する事態が容易に予想できるし、そもそもマジカロイド44は他の魔法少女と比べて見るからに人間ではない。他の魔法少女から助けてもらった人間が「なんて美しい少女なんだろう」という思いを抱《いだ》くのに対し、マジカロイド44から助けてもらった人間は「うわ、化け物！」と恐怖を抱く。そのような反応を見せる人間は短い魔法少女ライフの中で幾人もいたし、涙で枕を濡らすことこそないにしても、人並に傷ついて気落ちしないわけではない。まとめサイトでもマジカロイド44だけは別枠で「魔法でコントロールされているロボット（?）」などと紹介されている。ファーストコンタクトで躓《つまず》くのは毎度のことだ。

ならば最初から犯罪を目的として力を使えばいいのではないかと思うかもしれないが、そうすれば今度は自分自身が他の魔法少女から狙われる。他人を困らせている犯罪者の駆逐はマジカルキャンディーの獲得に繋がるからだ。まかり間違ってカラミティ・メアリのような魔法少女がやってきたらと考えると悪の道に走ることもままならない。

望外の幸運に恵まれて手に入れたと思っていた超常の力は、期待に反して意外と使えないものだった。がっかりした所へやってきたシスターナナは渡りに船だったといえる。

マジカロイド44の持つ「魔法」は、一日一個、四億四千四百四十四万四千四百四十四ある「未来の便利な道具」の中から一つを取り出すことができる。

ポイントは二つ。ウェポンラックからなにが出てくるかは自分で選べず、完全にランダムだということと、その日限りの使い捨てだということだ。

シスターナナに渡した昆虫雌雄鑑定機も一日限りの使い捨てで、翌日シスターナナが「使っているうちになぜか壊れてしまいました」と再訪問してきた。

マジカロイド44は嬉しそうに驚いた。こういう演技は苦手ではない。

「おお！　それは素晴らしいデス！　ワタシのアイテムは魔法的なパワーを放出することによって徐々に消耗していくのデス。つまりそれだけ消耗が早いということは、魔法的な影響を物凄い勢いで吸収したということデスね！　おめでとうデス」

なにも知らないシスターナナは大いに喜んだ。喜び、浮かれ、新しいアイテム「デブリ除去専用マニピュレーター」を一万円で購入し帰っていった。

シスターナナが帰ってからマジカロイド44は鉄柵に寄りかかって空に浮かぶ月を眺めた。雲間からわずかに覗く満月は五百円硬貨を思わせた。

「これは……実にぼろい商売デスね」

◇◇◇

シスターナナはそれから一週間に渡って連日マジカロイド44を訪ねてきた。マジカロイド44はシスターナナが来るたびに「きっともうすぐだ」「兆候が見えている」「魔法少女になる日も近い」などと煽《あお》ってシスターナナを喜ばせ、「完全全自動掃除機」や「一日で漫画が書けるペン」「対魔法生物用光線銃」等を売りつけ、一日に一万円ずつ財布の中身を肥《こ》やしていった。少しずつ重くなる財布を眺めてにやにやとする日々。このままいけば念願のマイホームを手に入れることができるかもしれない。

しかし蜜月《みつげつ》は長くなかった。最初の出会いから一週間で、シスターナナの「理想の王子様」は魔法少女になってしまったのだ。七個目の未来アイテム「マジカルパワー増幅ピアス」を装着して間もなく魔法少女に目覚めてしまったのだという。

ああマジカルパワー増幅ってそういうことかよ畜生《ちくしょう》だったら渡すんじゃなかったと歯《は》噛《が》みして悔しがったが、外面ではおめでとうございますと祝っておいた。

シスターナナは、それはもう喜んだ。マジカロイド44の手をとって上下左右に揺らし、最終的にはグルグルと振り回した。ビルの屋上で横回転しながらマジカロイド44はがっかりした。やはり魔法少女は金にならない。

シスターナナから「魔法少女になったお祝い兼お世話になった方々への御礼パーティーを開きたい。ちょっとしたお菓子や飲み物も用意するのでぜひ来てはいただけないだろうか」という招待を受けた時は迷うことなく了解した。ちょっとしたお菓子や飲み物という魅惑の言葉に惹《ひ》かれたのが八割。「理想の王子様」が気になったのが残り二割だった。

シスターナナの理想の王子様、魔法少女「ヴェス・ウィンタープリズン」は、なるほど確かに王子様然としていた。物憂《ものう》げな眼差《まなざ》し、クールな物腰、名前もなんとなくそれっぽく、見た目も中性的で、かつ美しい。コートにマフラーという地味ないでたち、廃業したスーパーの中で簡易式折り畳み机の上にお菓子とジュースが並ぶというチープなシチュエーション、それらを吹き飛ばしてノーブルだ。

廃業したスーパーという会場は、当然古びていたが埃《ほこり》っぽくはなかった。今でも手が入れられているようだ。シスターナナが掃除しているのかもしれない。彼女のまめさは供《きょう》されたチョコレート菓子やプリン、クッキーが手作りだったことからも窺《うかが》えた。味も悪くない。

シスターナナは本人を前にしてなおのろけ、見た目の美しさは変身前から変わらないとかとても優しい人とか恥ずかしげもなく並べ立て、ウィンタープリズンはそれを嗜《たしな》めるでもなくチョコレートをつまんでいた。マジカロイド44ともう一人招待された魔法少女の合計二人は、馬鹿っプルのいちゃつきぶりを辟易《へきえき》しながら眺めているしかない。

恥知らずな馬鹿っプルめと心の中で毒づき、せめて食べ物を持ち帰って元を取ろうと、適当な相槌《あいづち》を打ちつつお菓子をウェポンラックに落としていく。二人が中座した時は心底からのため息を吐き、黙って飲み食いしていたもう一人の魔法少女に声をかけた。

「アナタも大変デスね」

「うん？」

POLON

「あの二人の毒気に当てられて」

尻尾の生えた騎士「ラ・ピュセル」はしばし考えていたようだったが、

「シスターナナは我が師。弟子である私が協力するのは当然のことだ」

我が師とはレクチャー役の魔法少女だったということだろうか。騎士らしく随分と時代がかった言い回しを使う。マジカロイド44自身が語尾や発音をロボットっぽくしようとする『成り切り』に拘《こだわ》る性質《たち》だったこともあり、古風な言い方を選んだ騎士に対しちょっとした共感を覚え、話を継いだ。

「協力ってなにしたんデス？」

「覆面被《かぶ》って悪者のふりをして襲ったりとか……」

「ああ、それでウィンタープリズンがシスターナナを守ってというやつデスか」

「まあ、そうだな」

少し恥ずかしそうにしているあたり、やはり共感できそうな感性を持っているらしい。

「それに……恋はとても素晴らしいものだと思うから」

一気に共感できそうゲージが減じていった。恋に恋する馬鹿ップルを目の前に「恋はとても素晴らしい」なんてお題目を唱《とな》えることができる人とは、正直、友達になりたくない。

「えぇっと……騎士様も恋をされているのデス？」

ラ・ピュセルの顔がぐんと赤みを増した。ジュースが注がれていた紙コップを握り潰《つぶ》しし、橙色《だいだいいろ》の液体が四方へ飛んだ。尻尾がびたんびたんと床を打ち叩いている。

「いや、別に、その、恋というほどのものではないのだけれど。幼馴染《おさななじみ》なんだが。ちょっと気になるかなーというそれだけの話だ。別に恋ではないのだ」

「どんな方デス？」

「魔法少女に憧れていて、優しくて、他人の危機を見逃すことができず……いや別に恋というほどのものではないのだ」

「なるほどなるほど。それは素晴らしいことデスね」

シスターナナの次は、ラ・ピュセルかその幼馴染をカモにすべきかもしれない。

砂糖菓子より甘ったるい馬鹿っプルぶりを見せつけられるだけだったパーティーも終わり、別れ際。マジカロイド44はシスターナナに呼び止められた。

「マジカロイドさんは『危険な場所』をご存知ありませんか？」

「は？『危険な場所』デスか？」

「はい」

「そうデスねー。場所というか人デスが、カラミティ・メアリがデインジャーデスね。場所としていうなら彼女の担当地域である城南《じょうなん》地区になるデスか」

「カラミティ・メアリさんですか。お教えいただきありがとうございました」

シスターナナはぺこりと頭を下げてスーパーの中に戻っていった。

マジカロイド44は背中のランドセル型推進装置に点火して空を飛んだ。月の形は一週間前に比べると当然ながら欠けている。

質問の意図を図《はか》りかね、シスターナナに問い返そうとしたがやめておいた。頭を上げてこちらを見るシスターナナの瞳……その中にある黒く粘《ねば》っこいなにかを見てしまったからだ。あれは良くない。あれとこれ以上絡《から》むのは「やりたくないこと」だ。

真琴はやりたくないことは絶対にやらない。それは魔法少女になってからも変わらない。仮の家に帰って変身を解き、つまみを手土産に友達のホームレスを訪ねた。毒に当てられた後は少しでも和みたくなる。

「こうやっておっちゃんと話してるのが一番和《なご》むわ」

「おお、嬉しいこといってくれるね真琴ちゃん。じゃあおっちゃんと結婚するか」

「それは断る」

◇◇◇

シスターナナは両手を合わせて膝に置き、おっとりと微笑んでいる。羽二重奈々《はぶたえなな》の笑顔とは通じているようで、また違った魅力がある。守ってあげたくなる笑顔だとウィンタープリズンは思う。

魔法少女になったウィンタープリズンは彼女の笑顔を守ることができる。彼女から与えられた力というのは少し情けないが、力の由来はこの際問題ではない。

「城南地区のカラミティ・メアリという魔法少女をご存知ですか？」

「いや？　君も知っての通り、私は新米だからね。界隈《かいわい》の同業者事情には疎《うと》いんだ」

「良くない噂を聞きました。私達が行って事情を聞くべきと考えています」

シスターナナは微笑みながらも街の平和を真剣に考えているのだろう。彼女はいつだって自分より他人を優先する。まさに聖女だ。愛《いと》おしい。抱き締めたい。そんな彼女だからこそウィンタープリズンが守ってあげなくてはならない。

この溢《あふ》れ出る力は奈々から与えられた。ならば奈々のために使うべきだ。

天使をプロデュース

『魔法少女育成計画』のマジカルキャンディー競争が
始まる少し前のお話です。

「魔法少女育成計画」というソーシャルゲームがある。

数万人に一人の割合で、プレイヤーが本物の魔法少女になってしまう奇跡のゲームという噂がつきまとう。ソーシャルゲームとしては狂気の沙汰《さた》ともいえる「全面無課金」が、そのような噂の流れる一助《いちじょ》となったのは間違いない。だが噂の根幹《こんかん》が実際の目撃情報であることは周知の事実である。

N市内で目撃される奇妙な少女達、通称「魔法少女」のまとめサイトは今日も賑《にぎ》わっている。嘘とも真《まこと》ともつかない情報が飛び交い、それに対する感想や批評、罵倒《ばとう》や嘲笑《ちょうしょう》が積み重なっていく。

まとめサイトに常駐する住人は幾つかのタイプに分類できた。「魔法少女」に助けられた者。「魔法少女」というキャラクターを愛する者。「魔法少女」に限らずＵＭＡやＵＦＯを好む者。煽《あお》ることが生き甲斐《がい》という者。そして……「魔法少女」本人。


「どうしたもんだろうね」

「ホントにね」

天里美奈《あまさとみな》と天里優奈《ゆな》はキッチンのテーブルに隣り合って腰掛け、スマートフォンの画面を前に額《ひたい》を寄せて相談していた。

双子というものは年を経るに従って趣味や主義、容姿でさえ差異が出てくるものだが、美奈と優奈は大学生になっても仲がよく、同じものを好み、同じ服を着、見た目は瓜《うり》二つで親でさえ見分けがつかない。当然のように同じ大学を選び、当然のように同じマンションで暮らし、当然のように始終行動を共にする。なにか問題があれば、二人で話し合う。

この話し合いは、二人の認識としては相談だったが、実際には果てしない愚痴《ぐち》のこぼし合いと慰《なぐさ》め合いで、少なくとも前向きにどうこうしようという話ではなかった。建設的ではないことに二人とも薄々気づいてはいるが、だからといって解決策が思いつくわけではない。解決策が思いつかないならダラダラと話していた方がいい。

話す中でちょっとしたアイディアが見つかることがないわけではないし、美奈は優奈が好きで優奈は美奈が好きだった。だから二人でダラダラ話すのも嫌いではない。

「悩んでる間に人気投票始まっちゃうよ」

「始まっちゃうよねー。このままじゃ一位とれないなー」

「一位をとるための素晴らしいスキームが欲しい」

「コンセンサスやね」

「なんかさー。私らだけじゃアイディア思いつかなくない？」

「あー、そこに気づくとはお姉ちゃんマジクール」

「クールだったらなにか思いついてるんじゃないかなって」

「お姉ちゃんマジ謙虚《けんきょ》」

「ルーラに相談する？」

「あんなヒスババアやだ」

「だよねー。でもファヴは頼りになんないし」

「じゃあシスターナナとか？　カラミティ・メアリとか？」

「そこはルーラよりパス。あいつら関わりたくない系」

「そもそも相談するっていう考え方がよくないのかもわからんね」

「ああ、利用してやるとかの方がいいかもね」

「こき使ってやるってのもいい感じ」

「それならあいつとかいいんじゃない。新入りの」

「あ、ルーラが連れて来たわんこ？」

「そいつそいつ」

「いいねいいね。じゃああいつにアイディア出しさせるってことにしようそうしよう」

「そうと決まれば前祝に桃鉄やろう。負けた方が今日の夕飯奢《おご》るのね」

「よーし、今日の牛丼は卵つけちゃうもんね」

◇◇◇

浮世離れした存在である魔法少女にも世間一般と同じく人間関係がつきまとう。「魔法少女育成計画」によって魔法少女になると、まず最初に先輩魔法少女からのレクチャーを受けることになる。

犬吠埼珠《いぬぼうざきたま》が魔法少女「たま」になって最初に出会った魔法少女、「ルーラ」に対して抱いた印象は「怖そうな人」だった。もっとも珠にとっては初対面の人間八割五分くらいが「怖そうな人」だ。二度三度会うことによって「怖そうな人」の九割九分が「怖い人」になる。

生来《せいらい》の臆病さがおどおどとした態度に表れ、反応の鈍《にぶ》さや頭の回転の遅さと相まって、珠はいつも相手に一段低い者として見られることになる。習い事をしていても、学校の授業でも、先生は珠を最初から相手にしないか、どこかで諦めるかのいずれかだ。

学業は下の下、スポーツは下の中。絵も歌も人並み以下。物覚えは最悪。両親は珠を疎《うと》んじ、それに従って妹と弟も珠をいないに等しいものとして扱う。中学校のクラスメイトからは使い走りか数合わせ程度にしか思われていない。

唯一《ゆいいつ》珠の話を聞いてくれた母方の祖母は、半年前に急性肺炎で亡くなった。たどたどしくつっかえる珠の話を面白そうに聞きながら「珠ちゃんは優しい子だねぇ」とよく頭を撫でてくれた。お葬式の時は、その掌がとても温かかったことを思い出し、悲しくて、悲しくて、涙が涸《か》れ果てるまで泣き続けた。

「魔法少女育成計画」を始めたきっかけは、祖母の死である。祖母が亡くなり、珠を相手にしてくれる人は誰もいなくなった。もし噂の通り魔法少女になることができれば、この閉塞《へいそく》状況を打開することもできるのではないかとぼんやり考え、スマートフォンへすがりつくようにしてゲームに熱中し、二ヶ月ほどで「魔法少女育成計画」のマスコットキャラクター「ファヴ」から話しかけられた。

「おめでとうぽん！　あなたは本物の魔法少女に選ばれたぽん！」

こうして犬吠埼珠は魔法少女「たま」になった。ビルの壁面を駆け上がり、漬物石を握り砕き、連続バク転で町内一周できる身体能力。夜の闇を見通し、針の落ちる音も聞き逃さない五感の鋭さ。声も顔立ちも可愛らしく、頭からは犬のような耳が生えていてぴょこぴょこ動かすこともできる。「素早く穴を開ける魔法」でどこまでも穴を掘り続けることだってできた。

魔法少女としての力を一つ一つ確認した後は、先輩魔法少女からルールや心得を学ぶため、西門前町《にしもんぜんちょう》の廃寺《はいでら》、王結寺《おうけつじ》に連れて来られた。

犬耳、犬尻尾、フード付きケープ、肉球グローブともこもこふわふわしたたまとは対照的に、魔法少女「ルーラ」は全体がすらっとしていた。長いマント、キラキラしたティアラ、ガラスの靴に象牙《ぞうげ》の杖《つえ》。

胸を張ってたまを見下ろすその姿は、お姫様然とした衣装の通り、魔法少女としての自信と威厳に満ち溢れ、たまは自然と身体を小さく縮めた。

「さて、魔法少女としての心得だけど」

ルーラは語り始めた。魔法少女はこういうことをしてはならない。魔法少女はこういう生き方をするべきだ。たまは猛烈な勢いで動くルーラの口をぼうっと見続け、気づけばルーラの説明は終了していた。

ルーラはたまの目を見て尋ねた。

「理解できた？」

「……ごめんなさい、よくわかりませんでした」

「コンのおおおおぉぉぉぉクソ馬鹿ぁ！　愚図！　人の話はきちんと聞け！」

滅茶苦茶怒られた。たまは目に涙を浮かべ、ますますもって身を縮めた。散々怒鳴ってからルーラはため息をついた。

「まあ、あんたみたいな馬鹿は珍しくもない。というわけでこんなものも用意してある」

ルーラが取り出した小冊子は修学旅行のしおりに似ていた。コピー用紙をホチキスでまとめてあり、表紙には杖を掲《かか》げたルーラのイラストが描かれている。やけに耽美《たんび》な絵柄だが、プロの漫画家かイラストレーターかと見まごうほど絵が上手い。イラストの上にはポップな字体で大きくタイトルが描かれていた。

「『魔法少女への道？』」

「これを読めばあるべき魔法少女像がわかる。まあ私の話を全部覚えればそれでいいんだけど、あんたみたいに劣悪な記憶力の持ち主が多いからね。愚民《ぐみん》を導くために努力をするのも支配者としての務めであり……」

ルーラがまた語り始めたが、たまは聞いているふりをしながらページを捲《めく》った。細かい字がずらっと並んでいて見ているだけで眩暈《めまい》がしそうだ。

「あのう……」

「ん？　どうしたの？」

「読めない漢字ばっかりで……意味がわかんない言葉も多くて……」

「コンの阿呆《あほ》！　間抜け！　腐れ脳みそ！」

しっちゃかめっちゃかに怒られた。あまりの猛烈な怒鳴りように、王結寺がギシギシと軋《きし》んだ。

ルーラは散々怒鳴り、コメカミに青筋を浮かべたまま肩で息をし、たまから小冊子を取り上げ、広げた。

「で？　どの字が読めない？　どの言葉がわからないの？」

「えっと……」

「早くいえ！　これ以上私をイラつかせるな！」

「あ、あのう……これと、これと……」

しんと静まり返った廃寺の中にルーラが鉛筆を動かす音が響き渡る。二人で肩を寄せ合って小冊子に向かい、ルーラはたまの指摘に従ってルビを入れ、注釈をつけ、最後のページを埋めたところで小冊子をたまに押し付けた。

「いい？　これで文句ない？」

「あ、はい。ない……です。ありがとう……です」

「じゃあ全部覚えてくるように。絶対だからね。覚えてこなかったら怒るから」

たまは上目遣《うわめづか》いでルーラを見た。腕を組み、ふんと鼻を鳴らすルーラは自信満々でとても立派に見えた。

「ルーラ……さん」

「なに？」

「ええっと……親切なんですね」

「う、うるさい！　余計なことといわなくていいから！」

ルーラは耳の先まで真っ赤になり、ぷりぷりと怒りながら肩をいからせ出て行った。長いマントが床を擦《こす》って、ルーラの移動した場所だけ埃が拭《はら》われている。

たまはルーラを見送り、首を傾げた。「怖そうな人」というルーラへの印象は「怖い人」になったが、「怖い人」の中でもちょっとだけポジションが違う気した。

「意外といい人？」

これもまた違う気がする。上手く言語化することができず、たまは首を傾げたまま、うーんと唸った。


その後もたまは事あるごとに王結寺へ呼び出された。

王結寺の大掃除や壊れている箇所の修繕といった作業をルーラの指揮下で行い、そういった時はたまだけでなく双子の天使が一緒だった。ピーキーエンジェルズと紹介された双子の天使、ミナエルとユナエルは、ルーラの言葉に愚痴も文句もいわずに従い、たまとしてはルーラとセットの存在として考えていた。

そのピーキーエンジェルズから呼び出しを受けたのが二日前のことになる。

◇◇◇

「人気が欲しいの、人気が」「私達に足りないのってまさにそこなんだよね、お姉ちゃん」

待ち合わせ場所の駅ビル屋上につくなり双子の天使はわめき立てた。ルーラといる時は相槌ばかりで、怒鳴ったり騒いだりという印象がなかっただけにたまは驚いた。たまに口を挟む隙を与えずピーキーエンジェルズは交互に喋り続ける。

「ほら、まとめサイトあるじゃん？」「あれさ、スノーホワイトの記事ばっかりなんだよね」

「白い魔法少女がどうしたってそればっかり」「あれなんなの？　複数いるの？」

「それくらい目撃情報多いし」「納得いかないっつーの」

「私達なんて二人いるのに、十分の一くらいしかない」「おかしいよね」

「それでさ、今度人気投票するらしくてさ」「まとめサイトの中でね」

「せっかく魔法少女になったからには人気欲しいし」「当然だよね」

「だからなんとか人気稼ごうと色々やったんだけど」「お姉ちゃんマジクール」

ミナエルとユナエルはサイトで自作自演をすることにより人気アップを図ったのだという。ミナエルが自身の魔法の端末を使ってスレッドを作成。双子の天使に助けられたという記事を投稿し、ユナエルが自身の魔法の端末を使って「自分も助けてもらいました。あの天使本当かわいかった」と同調するレスをつける。

二つの端末を駆使してサイト内のピーキーエンジェルズ熱を盛り上げようという作戦は、端末は別だったのに掲示板で表示されるＩＤが同一だったという盲点から崩壊した。

「なんで端末違うのにＩＤ同じなんだっつーの！」「私ら二人でセットかっつーの！」

「ファヴに文句いったらしれっと『え？　そうなの？』とかいってるし」「ふざけんな！」

二人は見え見えの自作自演を笑われ、荒らされ、追い出された。元々持っていたスマートフォンを使って自演のやり直しを図ったが、一連の騒動は完全に流れを決定付けてしまい、双子の天使を話題にするだけで自演扱いされてしまう始末。

その間にもスノーホワイトの目撃情報は増え続けていく。

「でさー。このままだとまずいよね」「すっごくまずいよね」

「スノーホワイトがダントツでぶっちぎっちゃうよね」「よくないよね」

「いっそ記者会見とか考えたけどさー」「秘密を漏らすと資格剥奪《はくだつ》されるらしいしねー」

「多重投票も考えたけどー」「今度バレたらアク禁とかされそうだしー」

「というわけでたまはなんかいいアイディアない？」「ない？」

「私達仲間じゃん？」「たまならきっといいアイディアあるよね？」

双子の天使にじりじりと詰め寄られたせいで、たまの背中が鉄柵に触れている。鉄の冷たさを背に感じながらたまは考えた。求められているものがよくわからなかったが、自分が頼られているということは理解できた。

たまが珠だった時に頼ってくる人は一人もいなかった。馬鹿にされたり怒られたりすることはあっても珠の力が欲しいといってくれる人は誰もいなかった。せいぜいジュースを買って来いとか帰りにランドセル持っててくれとか命じられたくらいだ。

魔法少女になってそれは変わった。感謝の言葉。恩人に向ける目。気恥ずかしくて身もだえしたくなるくらい照れ臭いけど、とても嬉しくて、気持ちがいい。人助けをした時は、魔法少女になってよかったと心から思える。テレビの中の魔法少女達が人助けに奔走《ほんそう》する理由が少しだけ理解できた。

そして今。たまは魔法少女から頼りにされている。仲間といってもらえた。仲間。友達。祖母は仲良しで大好きだったけど、家族だった。仲間でも友達でもなかった。生まれて初めてたまを仲間といってくれる人がいて、しかも二人もいて、どちらもたまを頼りにしてくれる。天使達は真剣な表情で翼をばさばさとはためかせている。

たまは考えた。難しい顔で眉間に皺を寄せて考えた。

「えーと……うーんと……一生懸命人助けをする？」

「もう一生懸命してるっつーの！」「スノーホワイトがチート使ってんだよ」

お気に召《め》す答えではなかったらしい。

「ルーラに相談してみる……とか？」

「やだ！　あのババアのヒスに付き合いたくない！」「あいつマジうざいよねー」

「チャンスがあれば、あいつに一泡吹かせてやるんだ」「どんな顔するか見物だよね」

「たぶんすっごい悔しそうな顔するよ」「すっごい悔しそうな顔だよね」

「嫌なやつ！　いつかギャフンといわせてやりたい！」「偉そうにしてるやつをね！」

二人は立て板に水でルーラの悪口をすらすらと並べ立てた。ルーラが好きだから従っているのかと思っていたが、そういうわけではないらしい。

たまは少し悲しい気持ちになった。

「あの……相談すれば……聞いてくれると思うよ？」

「絶対嫌！」「ごめんだね！」

どうしてもルーラに相談したくないようだ。これ以上勧《すす》めると矛先《ほこさき》がたまに向かってきそうな気がして口をつぐんだ。

黙したたまを見てなにを思ったか、天使二人は「なにかないか、なにかないか」と袖《そで》を引っ張ったり肉球を揉《も》んだりと迫ってくる。中学生程度のたまに対して小学生程度のミナエルユナエルと体格差はあるが、人数差が倍もあるため押し込まれるとかなり怖い。よく見ると二人とも瞬《まばた》きをしている様子がなくてより一層怖い。

たまは目の縁《ふち》に溜《た》まる涙を感じながら目を逸《そ》らした。駅ビルの上から見下ろすと色々な物が小さく見える。通りを早足で歩く人、人、人。風に吹かれて揺れるイチョウの樹。パチンコ屋の駐車場に出入りする車。駅前の大型ビジョン。画面の中ではたまも知っている有名なアイドルが歌って踊っている。

脳裏《のうり》を過《よ》ぎるなにかがあった。たまの人生で初めてになるかもしれない「ひらめき」だ。たまは叫んだ。

「プ……プロモーションビデオを作ろう！」

◇◇◇

まとめサイトの魔法少女人気投票は白熱した。

圧倒的目撃数を誇《ほこ》る白い魔法少女と、動画投稿サイトに「手を繋いで飛ぶ二人の天使」動画が投稿されたことで一気に知名度を上げた双子の天使。双方の支持者による支援と投票は、抜きつ抜かれつの激烈なデッドヒートとなり、後々までまとめサイトの語り草となった。

最終的には、支持層が広く、かつ根強かった白い魔法少女が鼻の差トップでゴールし、双子の天使は惜しくも二位となった。

ああ、これはきっと怒られる。たまの作戦のせいで負けたと怒鳴られる。そう確信し、待ち合わせ場所の駅ビル屋上に重い足を引きずって出向いたたまは、予想外に明るい天使の声に迎え入れられた。

握手を求められ、右手をミナエルに、左手をユナエルに、ぶんぶんと振られた。

「やっほー！　いらっしゃいマイフレンド！」「二位だよ二位！　まとめサイト見た？」

「あ、うん」

「すげー色々褒《ほ》められてたよね」「やっぱPV大作戦が効いたね」

ＰＶ《プロモーションビデオ》といっても、たまが家庭用ビデオカメラで撮影した画像をミナエルとユナエルがパソコンで編集しただけの簡素な映像である。初体験となるカメラマンをやらされたたまは、撮影中に転ぶ、バッテリーが切れる、操作を間違える、等々失敗ばかりだった。手ぶれ補正がなければそもそも撮影に成功していなかっただろう。

「そ、そうかな」

「ファヴも『あれは反則ギリギリぽん』とかいってさー」「あの球体の裏かいてやったね」

喜んでいるようではある。たまはほっと胸を撫で下ろした。

「じゃあこれから隠れ家で祝勝会の桃鉄しよう」「そうしよう」

「え？」

「ルーラも知らないとびっくりの隠れ家があるんよ」「そうなんよ」

「え？　え？」

「負けたら明日の晩御飯奢るのね」「よっしゃー」

「え？　え？　え？」

両脇を天使二人に抱えられてふわりと身体が持ち上がった。ぴったりくっつくことで羽の動きが阻害《そがい》されているはずだが、くるくると螺旋《らせん》を描いて昇っていく。下を歩く人の群れがさらに小さくなる。風が強くて目が開けていられない。とても怖いのに、なぜか楽しい。

「じゃあ十年トライアルね」「ハンディ無しね」

たまにはまだまだ覚えなければならないことがたくさんあるらしい。

ゾンビウェスタン

『魔法少女育成計画』の生き残りゲームが
白熱してきた頃のお話です。

マジカロイド44は評価し難《がた》い魔法少女だ。

カラミティ・メアリにとっての「評価」とは、即《すなわ》ち強いか弱いかということでしかない。マジカロイド44は強くなったり、弱くなったり、その時その時で肌に感じる強さにむらがある。たとえばヴェス・ウィンタープリズンが相手なら、視界に入る前、半径十メートル以内に入った瞬間から後《おく》れ毛が逆立つ。その相棒のシスターナナが相手なら、どれだけ近くにいても相手をしてやる気がしない。

マジカロイド44は、ある日はウィンタープリズン寄りで、別の日にはシスターナナ寄りになっている。強いのか弱いのかははっきりしない。

ただし強かろうと弱かろうと油断ならない相手であることは間違いない。どこに行けばいいか、誰を頼ればいいか、正しい判断を下すことができる。そんなマジカロイド44が頼る先としてカラミティ・メアリを選択したのは、やはり正しい判断を下したからだ。

そして、今、カラミティ・メアリは一人で酒を飲んでいる。なぜ一人かというとマジカロイド44が待てど暮らせど帰ってこないからだ。絨毯《じゅうたん》の毛をブーツで蹴り、革張りのソファーに寝転がって身を沈め、無駄に煌《きら》びやかなシャンデリアを見上げた。

庇護《ひご》を求めてきたマジカロイド44に対し、カラミティ・メアリは「誰でもいいから魔法少女を一人殺してこい」と要求した。カラミティ・メアリの軍門に下ろうというならそれくらいはしてもらう。当然だ。覚悟なき弱者は必要ない。

カラミティ・メアリは寝返りをうった。ソファーの背が視界を埋める。マジカロイド44は正しい判断を下すことができる魔法少女だ。カラミティ・メアリの要望を無視して逃げればどんな運命が待ち受けているか知っている。つまり逃げはしない。正しい判断を下すことができる、ということは、手に余る相手を殺しに出向く、ということもない。安全に確実に命を奪う、そんな相手の居場所に向かったはずだ。

スイムスイムの一派は人数が多い。シスターナナにはウィンタープリズンがついている。リップルとトップスピードは常にべったりくっついている。森の音楽家クラムベリーは単独で行動しているが、強い。あれと戦うのは――無論負けることはないにせよ――カラミティ・メアリでも骨が折れる。

残るは新入りの魔法少女とスノーホワイト。情報不足の新入りよりは、ラ・ピュセルという相棒を失ったばかりのスノーホワイトだ。キャンディーをたくさん持っているだけで、戦闘能力で劣っている。根性もない。殺す相手として実に手ごろだ。

誰か殺してこいと命じる前に、それとなく教えてやった。誰か殺すというならスノーホワイトにするのが一番いい、と。理不尽な命令をしながらも、カラミティ・メアリなりに気を遣《つか》ってやったのだ。それが先輩として最低限度の振る舞いというものだ。

マジカロイド44ならスノーホワイトの一人や二人問題ではない。そのはずが、なぜか未だに連絡が来ない。マジカロイド44がこの部屋から出ていったのは一昨日のことだ。連絡が来ないどころではなく、こちらから連絡を入れることもできない。メールを送ろうと電話をしようと全てスルーされる。

「なにかが、あったか」

ソファーの上で身を翻《ひるがえ》し、寝転んだ姿勢から座りなおし、魔法の端末を立ち上げファヴを呼び出した。

「はいはいどうしたぽん？」

「マジカロイド44が今どこでなにやってるか教えろ」

「いやー……なにをやってるかとかそういう問題じゃないような」

「誰かに殺《や》られたってんなら殺ったやつを教えろ」

魔法の端末をテーブルの上に置き、白黒の立体映像にぐっと顔を近づけた。

「あたしの命を受けたやつを殺すっていうことはさ。カラミティ・メアリを舐めてるってことになる。んなやつ放っておいたら顔が潰れる」

「うーん……でもここで教えたらちょっとアンフェアじゃないぽん？」

「フェア！　アンフェア！　どっちでもいいって顔してるくせによくいうねェ。あたしにそれを教えてくれたら、きっとあんたの望むようになるさ。請合《うけあ》ってやる」

◇◇◇

ソーシャルゲーム「魔法少女育成計画」によって生まれた十六人の魔法少女を、八人になるまで減らしていくと運営から宣告されたのが、つい三週間前のことだ。キャンディーの多寡《たか》によって毎週脱落者が決定し、脱落した魔法少女は例外なく死んでしまう。すでに三人の魔法少女が脱落している。キャンディー強奪のため徒党を組んで他の魔法少女に襲い掛かった者がいるとも聞いている。便利なアイテムという名目の殺し合いの道具がダウンロードできるというアナウンスもあった。状況の全てが殺し合いへと収束している。

死にたがりの中学生、鳩田亜子《はとだあこ》が魔法少女「ハードゴア・アリス」になったのは、白い魔法少女に助けてもらったことがきっかけだった。

父親の罪に苦しみ、自分の無力に悩み、もう死ぬしかないと思い詰めていた亜子を助けてくれたのが、アニメや漫画にしかいないと思っていた「魔法少女」だった。家の鍵を落としてしまった亜子のために、真っ白で綺麗な衣装を汚して鍵を探し出してきてくれた。嬉しそうで、幸せそうで、見ている者も楽しくなる、そんな笑顔を見せてくれた。

「魔法少女」の実在を知った亜子は、貯金を一部崩してスマートフォンを購入、叔父《おじ》と叔母《おば》に頼みこんで契約をし、本物の魔法少女になると噂のソーシャルゲーム「魔法少女育成計画」を始めた。目的は魔法少女になること、それのみ。成せねば死ぬ。覚悟だけではない。元々死ぬつもりだった。一度とりやめた計画を再び実行するだけだ。

亜子は文字通り死ぬ気で、睡眠をはじめとした生活に必要な時間を削って「魔法少女育成計画」に取り組み、倒れる寸前までゲームをやるどころか倒れてもゲームを続けるという荒行《あらぎょう》の結果、執念で魔法少女になった。

スノーホワイトと対照的な黒い魔法少女。スノーホワイトの隣に立てば、きっと美しいコントラストを描く。皆が白と黒の魔法少女のコンビを噂する。亜子の変身した「ハードゴア・アリス」は、スノーホワイトと一緒に人助けをする。

そんなことを夢見ていた。

ハードゴア・アリスの魔法は「怪我の治りが早い」だ。実験として、掌《てのひら》を針で刺す、彫刻刀で切る、ライターで炙《あぶ》る等の自傷行為を繰り返したが、どんな怪我も瞬《また》く間に塞がり、怪我を負う前の状態に戻る。この魔法ならスノーホワイトを悪漢魔法少女から守ってあげることができる。

実際に昨夜は守ることができた。ハードゴア・アリスの首を問答無用で刎《は》ね飛ばし、さらにスノーホワイトに迫ろうとしていたロボットを一体破壊した。アリスの貫手《ぬきて》によって胸を貫《つらぬ》かれたロボットは、血溜《ちだ》まりの中に突《つ》っ伏《ぶ》す一人の女性に変化し、それによってロボットが魔法少女だったことを知り、自分が人を殺したということも理解した。

父親と同じ立場に置かれたという絶望感はなかった。スノーホワイトを守ることができたという達成感に震えていた。

寿命を支払って手に入れたアイテム「兎の足」をスノーホワイトの手に握らせて別れ、家に帰ってからも、朝になって学校に向かってからも、ずっと高揚感《こうようかん》に満たされていた。

アリスの魔法は想像以上のものだった。怪我の治りが早いという生易しいものではなく、首を刎ねられても死なず、首のないままで動き回ることができ、さらに失った首もほどなくして再生してしまった。トカゲの尻尾どころではない。原生動物であってもここまで生命力が強くはないだろう。まさに「魔法」だ。

この力があればスノーホワイトを守ってあげることができる。恩を返すことができる。

昨日は有耶無耶《うやむや》の中で別れてしまった。気がつけばスノーホワイトがいなくなっていた。今日こそはきちんと挨拶をしようと思う。同じ魔法少女として、一緒に頑張りましょうとスノーホワイトの手を取るのだ。

夜も更け、亜子はハードゴア・アリスに変身し、倶辺ヶ浜《くべがはま》へと急いだ。また昨日と同じくスノーホワイトを狙う悪い魔法少女が現れるかもしれない。

路肩に駐車してあった青い軽トラックの荷台に飛び乗り、そこから四車線の道路を挟んで反対側の路肩に停めてあった白い軽トラックの荷台にまで跳び、強く蹴って民家の屋根に飛び移った。

風に潮《しお》の匂いが混ざり始める。二百軒に一軒程度の割合で釣具店がある。海が近い。倶辺ヶ浜だ。そしてここにスノーホワイトがいる。

魔法少女が拠点とすべきは人の来ない場所である、とシスターナナから教わった。スノーホワイトがいるなら人の来ない場所だ。打ち捨てられた倉庫、漁協《ぎょきょう》のビルの上、その辺りだろうか。それとも路地裏や架線下といった人気のない場所か。どこにいるのだとしても、探すとしたら高い所から見渡すのがいい。魔法少女は夜目がきき、抜群の視力を誇る。

倶辺ヶ浜は亜子が住み暮らしている場所だ。一番高い場所はどこか、どこからなら見渡せるか、調べずとも知っている。海水浴場近くに丘があり、そこに据《す》えつけられた一際大きい鉄塔。あそこの上が一番いい。

漁協のビル、路地裏といった魔法少女が潜《ひそ》んでいそうな場所をチェックしながら鉄塔を目指した。小学校の校庭を囲む金網の上を走り、そこから街灯の上、さらに高々と跳んで校舎の壁にとりつき、屋上へ登った。丘の上の鉄塔がもうすぐそこに見える。

屋上から飛び降りようとしたところでハードゴア・アリスの腹部が弾け、血と臓物《ぞうもつ》が飛び散った。

◇◇◇

イズマッシュ・サイガ12。寒い国で作られた、所謂《いわゆる》散弾銃。安価《あんか》で素晴らしい耐久性を提供してくれるのはAKファミリーの一員なら当然だ。セミオート式で、日本で使用されている同名の散弾銃より装弾数が多い。カラミティ・メアリの魔法によって強化された物ならば、魔法少女の肉体でも潰れたトマトと変わらない状態にしてくれる。

カラミティ・メアリは侮辱《ぶじょく》を許さない。カラミティ・メアリの命を受けたマジカロイド44を殺害する、ということは、カラミティ・メアリを舐《な》めるようになる。魔法少女が舐められてはおしまいだ。看過しては皆がカラミティ・メアリへの侮辱に他ならない。

不思議の国のアリスを真っ黒にした、という風情《ふぜい》の魔法少女。名前はハードゴア・アリスだとファヴから聞いた。なにを急いでいたのかは知らないが、後ろも見ずに突っ走り、カラミティ・メアリの接近を許し、至近距離から弾丸を浴びるはめになった。注意力が足りていない。

どんな魔法を使うかは知らないが、高《たか》が知れている。これに殺されるのであれば、マジカロイドもそれまでの魔法少女だったのだろう。死体の尻を蹴り飛ばして上天《じょうてん》を見た。夜でも暗くなることがない城南《じょうなん》地区にいるよりかは星が綺麗に見えている気がする。がらにもなく星空に目を奪われたカラミティ・メアリは、浮遊感によって現実に引き戻された。

足元が覚束《おぼつか》ない。地面が上にある。重力が反転している？　違う。足首ががっちりと握られている。思う間もなくコンクリに叩きつけられた。辛《かろ》うじて受身をとったが、痛烈な打撃で骨が軋む。コンクリの欠片《かけら》が散る中、相手を確かめようとしたが身体が捻られた。足首が未だ掴まれたままだ。今度は水平方向にぶんと振るわれ、空中へ放り投げられた。

ここは学校の屋上だった。放り投げられるということは、このまま校庭に落下するということになる。カラミティ・メアリは腰に提げたアイテム「四次元袋」からロープを取り出し、投げた。ガンマンモチーフの魔法少女なら習得して当然のスキル、投げ縄だ。鉄柵にロープを絡みつかせ、強く引く。鉄柵がもげる寸前まで歪み、カラミティ・メアリはロープに引かれて屋上に舞い戻った。

もろに散弾がぶち当たったはずだ。実際、相対してみると間違いなく腹部が潰れている。なのに潰れたままで動いている。

拳《こぶし》を避け、蹴りを止めた。動きは速い。それに力が強い。単純な腕力だけならカラミティ・メアリを上回る。界隈《かいわい》の魔法少女では馬鹿力のヴェス・ウィンタープリズンと並んでトップタイではないだろうか。

生命力ならウィンタープリズン以上だ。内臓を飛散させてまだ元気に動いている。三度のフェイントを入れ、四度目でもまだ攻撃せず仰向けの姿勢で地面に倒れた。下から上を狙う形で、敵の頭部を狙い、トリガーを引く。頭蓋骨、それに脳が弾け飛び、黒いアリスは後ろに倒れた。

ふぅと息を吐いて起き上がり、すぐにまた息を止めた。カラミティ・メアリが身体を起こすのと同時に、頭を失ったハードゴア・アリスも立ち上がり、向かってくる。これはもう単純な生命力の問題ではない。起き上がりながらの攻撃を後ろに跳んで回避した。

顔が潰れているということは、当然視界が塞がっているはずなのに、苦にしていない。蹴り、殴り、コンクリ片を投げ、歪んだ鉄柵をもぎとって横に薙《な》いだ。咄嗟《とっさ》にしゃがんだが、避けきれず、テンガロンハットが宙を舞った。

サイガ12を腰だめに構え、撃った。敵の足首に命中し、動きが止まった。さらに撃つ。カラミティ・メアリは倒れた敵に向け、空になるまで弾丸をお見舞いし、潰れたトマトからミートソースに作り変えてやった。

ようやく動かなくなった敵を前に安堵《あんど》し、自分が安堵しているということを自覚して苛立った。もう一度蹴りつけてやろうかと足を出そうとして気がついた。目の前の死体が動いている。死ぬ間際の痙攣《けいれん》ではない。意思をもって動こうともがいている。

「くそったれが」

トカレフを抜き、弾丸が尽きるまで撃ち、続いてAKを撃ち尽くした。小学校の屋上は血液の大洪水になっている。これで死んだだろう、と思った矢先、死体だったはずの物がぴくりと動いた。元がなんだったのか判別できないほど破壊されつくしているのに、まだ生きている。

カラミティ・メアリは手榴弾《しゅりゅうだん》を取り出した。ピンを抜き、バラバラと屋上に投下し、自分は飛び降りた。きっかり三秒で大爆発が起きた。ただの手榴弾ではない。カラミティ・メアリの魔法によって強化された超兵器だ。屋上の残骸が落下してくる様を眺め、これなら死んだろうと確信して屋上に駆け登ると、屋上どころか階下の教室まで吹き抜けになり、教室の中央には肉の塊が蠢《うごめ》いていた。

カラミティ・メアリのコメカミに太い血管が浮かび上がった。

アーミーナイフを抜いてざくざくと切り刻み、十のパーツに分けてバラバラにした。そのうち九つまでは動きを止めたが、一番大きなパーツが動いている。見ていてわかる速度で傷が埋まっていく。人体を再生させようとしている。

瓶《びん》を取り出し、慎重《しんちょう》に蓋《ふた》を開き、注いだ。カラミティ・メアリの魔法が込められた濃硫酸だ。火傷《やけど》や皮膚の爛《ただ》れ程度では終わらない。ぶすぶすと白煙が立ちこめ、胃袋を直接刺激する嫌な匂いが漂い、風に吹き消された。教室の床に穴を開けたが、肉の塊は未だ動いている。濃硫酸二瓶目、三瓶目を追加。欠片も残さず消してやる。

床を突きぬけ、三階から一階にまで達し、カラミティ・メアリもついていき、延々と注ぎ続けた。肉が溶け、塊がなくなり、よっしゃとガッツポーズをし、これで清々《せいせい》して帰れると額の汗を拭い、気がついた。濃硫酸の海の中に肉が生まれている。動いている。眩暈がした。なにかの間違いかと思って目を擦《こす》っても肉は消えてくれない。

袋からガソリンを取り出し、注ぎ、マッチを擦《す》って投げ入れ、爆発に近い勢いで燃え上がる。燃えカスになってまだ動いている。

何度も何度も踏みつけてやるが、やはり動いている。

カラミティ・メアリは薄い笑みを浮かべた。魔法少女になってからここまでコケにされたことはなかった。袋からドラム缶を取り出した。カラミティ・メアリの持つ四次元袋には、持って歩けるサイズの物ならなんでも入れておくことができる。それが大きなドラム缶だろうと、生コンだろうと。

肉をドラム缶に放り入れ、袋から生コンを注ぎ、ドラム缶いっぱいにし、それを袋に入れ直す。

外からはサイレンの音が聞こえる。そろそろ退散しなければならない。向かう先は港だ。ドラム缶を沈めて今日の仕事を終わりとする。それで終わり。おしまい。最後だ。

数日後。

脱落者が発表されるチャットでは「今週の脱落者はマジカロイド44」とアナウンスされただけで、他の魔法少女の名が呼ばれることはなかった。

カラミティ・メアリは笑った。他に誰もいないクラブのＶＩＰルームで肩を震わせ笑った。

鬱屈《うっくつ》が澱《おり》のように溜まっている。吹き飛ばさなければならない。それには祭りが必要だ。ただ殺すだけではない。派手に、華やかに、血が飛び、肉が散る、そんな大惨事が求められている。

頭に過ぎったのはリップルだった。だがリップル一人では足りない。カラミティ・メアリの心を鎮《しず》めるためにはまだまだ生贄《いけにえ》が要《い》る。

◇◇◇

ウィンタープリズンはほっとした。

シスターナナに共鳴してくれた魔法少女が二人もいた。話すに値《あたい》しないカラミティ・メアリや、いきなり襲い掛かってきたクラムベリー、非協力的だったリップルと事なかれ主義のトップスピード、そんな魔法少女ばかりでシスターナナが心を痛める毎日だったが、これでようやく糸口くらいは掴めたかもしれない。

スノーホワイトとシスターナナはお互いに興奮した面持ちで一緒に頑張ろうと握手をしている。ハードゴア・アリスはその傍《かたわ》らで二人をじっと見ていた。

ウィンタープリズンは僅《わず》かに柳眉《りゅうび》を寄せ、くんと鼻を鳴らした。潮の匂いだ。ハードゴア・アリスを見ると目が合った。彼女から海水の匂いが漂っている。

「……なにかあった?」

「いえ、別になにも」

ハードゴア・アリスはウィンタープリズンから視線を外し、再びスノーホワイトとシスターナナに目を向けた。本人がなにもないというからには、きっとなにもないのだろう。

ウィンタープリズンは小さく頷いた。

マジカルデイジー 第二十一話

『魔法少女育成計画restart』の物語より
だいぶ前のお話です。

デイジー「はぁ……」
パレット「どうしたのデイジー？　ため息なんかついちゃって」
デイジー「ため息も出るよ。なにが悲しくて休日に穴掘りなんてしなくちゃいけないのさ」
パレット「それはゴミを捨てる穴を掘ってとお母さんに頼まれたからだろ」
デイジー「穴なんてビームでぱぱっと作ればいいじゃない」
パレット「そういうことに魔法を使うのはよくないよ。普通にスコップで掘ろうよ」
デイジー「パレットは面倒なことばっかりいうんだから」
みなこ「大変大変！　大変だよ！　さなえちゃんちの物置に宝の地図があったんだって！」
デイジー「ええっ！　ホント⁉」
みなこ「本当本当。みんなで宝探しするってさ。デイジーもおいでよ」
デイジー「行く行く！　すぐ行くよ！」
パレット「ちょっとデイジー！　穴掘り終わってないよ！」

ミラクルロジカルシニカルマジカルデイジー！
花の国からやってきた　戦うお姫様
風を切り裂くデイジーパンチ　（シュッ）
岩をも砕くよデイジーキック　（ガンッ）

そして必殺デイジー……ビィームッ！（どっかーん）
さあみんなが待ってる、行くぞ今すぐ

オープニングテーマの途中でテレビの電源をオフにした。色鮮やかなアニメーションを映し出していたテレビ画面がボタン一つで真っ暗になる。

八雲菊《やくもきく》にとっての「マジカルデイジーリアルタイム視聴」は、欠かすことのできない儀式のようなものだ。感謝と誇りを胸に、儀式のように厳粛《げんしゅく》な心持ちでもって視聴しているということであり、同時に中学生三年生にもなって、日曜朝のアニメを欠かさず見ているという行為自体がおおっぴらにできるものではないため、秘儀《ひぎ》のように密《ひそ》やかに視聴されているということでもある。

しかし今日は、欠かすことのできない視聴をとりやめなければならない事情があった。

「準備はできた？」

「できたよ」

菊は、ポシェットから顔を出した、イタチのような、ネズミのような小動物――マスコットキャラクターのパレットからの問いかけに頷いた。

ただの中学生でしかなかった八雲菊が魔法少女「マジカルデイジー」になってから一年。

魔法少女として様々な活動をした。変身を解除してから迷子の手を引いて親の元に連れて行く、という安全なものばかりではない。居眠り運転で逆走するトラックに取りついて運転手を起こす、などという危険を伴《ともな》うものもあった。

そんな活動をしつつも普通の中学生としての生活もある。菊には友達も多く、相談を受けることもあり、それを解決してあげるのもまた魔法少女の務めのうちだ。思春期の悩みには解決しようのないものもあったが、聞いてあげるだけでも意味はある。

忙しく、楽しく、やりがいのある仕事に追われる毎日。

それら困難を乗り越え、さらに修練を怠《おこた》らず、強くなろう、優しくなろう、魔法少女としてより高みを目指そうという姿勢が、抜き打ちでこっそり観察していた監査役の目に止まり、上に報告され、この娘ならと見こまれて……今ではアニメ化されている。花の国からの留学生という設定をはじめとした一部の脚色を除き、マジカルデイジーの活動がかなり忠実に再現されていた。

デイジー付きのマスコットキャラクターであるパレットはいう。魔法少女の中でもアニメにまでなる者は、一握りのさらに一部分を漉《こ》してから溶かして精錬《せいれん》して職人の手によって磨《みが》き上げた伝説のウルトラレアなんだ、と。途中からよくわからなくなってしまっているが、とても珍しく、かつ名誉であることはパレットの誇らしげな表情で知れた。

パレットの説明を聞くと、魔法少女になってから日も浅いデイジーがアニメ化の栄誉に与るのは本当に幸運なのだろうと思える。日々、魔法少女として活躍し、人々の生活をより良い方向へ導こうとしながらも、菊は常に感謝の念を忘れずにいる。

「デイジー、緊張してる？」

「うん、まあ、わりと」

同年代より堂々としているし、肝《きも》が据《す》わっているという自覚がある。それは魔法少女に変身していなくとも、だ。

魔法少女としての活動はマジカルデイジーだけでなく八雲菊の内面をも変化させた。経験は自信になり、自信は強さとなり、固く強い芯となっている。

そんな菊が、掌に人の字を書くくらい緊張していた。今まで魔法少女として体験してきた困難とは別種の難事が待ち構えている。制服に着替え、いってきますの声とともに玄関を出た。なぜ制服なのかというと、偉い人に会う時どんな服を着ればいいのかわからず、一番無難であろう服を選ぶなら学校の制服だった。生徒達からは古臭いと不評な、昔ながらのセーラー服に袖を通し、鏡とにらめっこでスカーフを整える。

そう、今日は偉い人に会う。マジカルデイジーが正しく魔法少女活動をしているのか、「魔法の国」から確認に来るのだという。監査とはまた違う、どちらかというとプロデューサーや監督のような立場の人らしい。

一般人の目に留まってはならないという活動の性質上、魔法少女の働く時間帯は夜間が基本となるが、今日は朝から魔法少女活動……といっても変身していくわけにはいかないので、八雲菊のまま、制服を着て偉い人の所に向かう。

歩いて五分の駅から下りの電車に乗り、二駅で市の中心街に着く。その駅前のホテルで、偉い人が待っている。ホテルの名前と部屋番号、人間世界で使っている名前もメモにしたためてある。電車の中でも落ち着かず、繰り返しポケットからメモを取り出しては内容を確認した。

魔法少女業界の偉い人に会う、というだけでも不安なのに、相手の人となりがわからないのが一層不安だ。パレットも会ったことはないのだという。

「僕は前線でマスコット続けてるからね。そういう偉い人の知り合いはいないの」

「それって下っ端《したっぱ》としてこき使われてるだけなんじゃないの？」

「デイジーっていい難《にく》いこと平気で口にするよね」

ホテルのフロントまで辿り着いた頃には心臓の音が自分でもわかるほど大きく、早く打っていた。どうということのない駅前のビジネスホテルが、王侯貴族御用達《ごようたし》の由緒あるホテルに思えてしまう。名前と部屋番号を出して取り次いでもらい、部屋の前まで来て唾《つば》を飲みこんだ。ノックを二回。

「どうぞ」

女性の……女の子の声だ。魔法少女だろうか。

「失礼します」

ノブを握った手が汗で湿っている。自然と硬くなる声と表情を精一杯柔らかくしてドアを開いた。

部屋の中に目を走らせる。狭い。風呂とトイレが右手にあり、正面にはもうベッドがある。シーツと敷布団が乱れ、雑駁《ざっぱく》な小物がその上に散らかっていた。全体的に雑然としている。テレビの前の椅子に腰掛けた人影が、菊に向かって右手を広げた。

「まあ座って」

――どこに？

部屋の中に椅子は一つしかない。その椅子はもう塞《ふさ》がっている。ベッドの上は散らかっていて足の踏み場もない。当然尻の置き場もない。

相手を見返す。年の頃は十代半ばだ。そんな外見年齢で「偉い人」になるのは魔法少女しかいない。恐ろしく奇抜な格好をしていて、そんな格好をするのも魔法少女しかいない。髪の色は緑色、アフロとドレッドを混ぜたような髪型で、それを押さえつけるように野球帽を被り、大きなサングラスをかけている。目が隠れていても顔立ちが整っているのが見てとれた。ということは、やはり魔法少女なのだろう。

豹柄のミニスカートからすらりと伸びた足を組み、腕を組み、唇を固く閉じ、口調と様子を合わせてみると不機嫌なように思え、菊は慌てた。「偉い人」を不機嫌にさせるのはとても良くないことだ。

迷っている時間はない。座ることができる場所は床しかない。床の上に正座し、目の前の少女を見上げた。こくりと頷き「よろしい」と呟く少女は外見年齢不相応に偉そうで、やはり偉い人なのだろう。

「硬くならなくてもいいよ。今日はマジカルデイジーがきちんと放映されているか、確かめに来ただけだから」

「あ、はい」

硬くならなくていい、といっている言葉だけ切り取れば優しそうなのに、本人は今もなお機嫌が悪そうに見える。

「はじめまして。マスコットキャラクターをやらせてもらっているパレットといいます」

「で、待ってる間、今までの放送分をチェックさせてもらったけど」

ポシェットから顔を出したパレットを軽くスルーし、少女は小机の上に紙束を投げた。菊は、ちらとそちらに視線を走らせる。マジカルデイジーの資料のようだ。

「先週の放送。あれなに?」

「あれは市内の倉庫で行われていた麻薬取引の摘発?」

「なんで麻薬取引の摘発? 魔法少女がやるべきことと違うんじゃない? 警察にいえよ。そういう時のために税金払ってるんだっつうの」

「ええと……」

「それにさ、ビーム撃ってたよね？　人間に向かって必殺技使うとかダメだよね？」

「ええっとぅ……」

口ごもる菊をパレットが引き継いだ。

「普通に叩きのめしただけなんですけど、そのままアニメにすると絵的に地味だってことになって、それで演出としてビームを入れたんです。あくまでも演出ですから」

マジカルデイジーの活躍をパレットが映像に記録し、それをテレビ局の協力者に渡し、そこから制作会社に渡ってアニメが作られる。映像の取捨選択はパレットが行っているし、演出について意見を求められることもあるという。

偉い人は唇をぷりんと尖《とが》らせた。

「それ、嘘じゃん」

「えっ」

「えっじゃないよ。嘘じゃん。実際にはやってないのにアニメだと違うとかさ。マジカルデイジーの実在を信じる子供達に対する裏切りじゃん」

「ああ、いや、でも」

「魔法少女のなんたるかをまるで理解していない！　優しくて愛らしくて思いやりとか友情とかひたむきさとかそういうのが必要なんでしょ！　誰が麻薬密売組織との戦いを求め

ているというのか！　そんなもん日曜の朝っぱらから見とうないわ！」

偉い人は紙束をバシンと小机に叩きつけ、パレットはポシェットの中に顔を引っこめて菊は首をすくめた。できることならこの場からいなくなってしまいたかった。

偉い人はふぅと一息ついてさらに続けた。

「それにさ。デイジーが麻薬取引を知った経緯がおかしい。街の噂話をクラスメイトが聞きつけて、ってそんな都合のいい偶然あるかっての」

引っこんでいたパレットが恐る恐る顔を出した。

「それはですね、局側で協力してくれてですね。デイジーのクラスメイトが学校帰り商店街を歩いてる時、聞こえよがしに噂話をしてですね」

「やらせじゃん」

またバシンと叩きつけ、パレットは再び顔を引っこめた。

「びっくりしたよ。今までの放送チェックしたらこんなのばっか。倫理規定とかそういうのないの？　許されるの？　これで？　免許剥奪とかそういう話になってもおかしくないよ？　わかってる？　魔法少女アニメっていうのはね、あんたが思ってるよりもっともっと大事なものなの。魔法少女のなんたるかを知ってもらえる数少ない機会なの。そんなチャンスを潰されたらたまんないのよ」

「すいませんでした……」

「謝るのはあたしにじゃないでしょ。間違った魔法少女像を伝えられた人達にでしょ」

「視聴者の皆さん……すいませんでした……」

正座のまま、偉い人の爪先をじっと見ている。こういう話になるとは聞いていなかった。パレットは「あくまで顔見せだからさ」なんてことをいっていたはずで、菊もそのつもりでいた。そのパレットはポシェットの中に隠れたまま出てこない。

菊は「これ、いつまで続くんだろう」と思いながら項垂《うなだ》れている。

「反省はわかったよ。それを形にしないと」

「はい……」

「じゃあこれから外に出るから。変身して」

「えっ……でも昼間です」

「だから？」

「魔法少女は正体見られたらまずいなあって」

三度、紙束が叩きつけられた。

「あたしがなんでこんな格好してると思ってんの？　魔法少女であると露見《ろけん》しないようにこんな頓狂《とんきょう》な格好して正体隠してんの。覆面レスラーがどこに行っても覆面してんのと同じ。魔法少女だったら外出はいつでも魔法少女。じゃあこれに着替えて」

紙袋を手渡された。中にはシャツと野球帽、それにオーバーオールが入っていた。

「それに着替えて。で、これから魔法少女活動に向かうから。記録係はあたしがやるからね。マスコットキャラになんか任せてるからおかしなことになんの」

「でも……」

「でももなにもない！　さっさとする！」


シャツにオーバーオール、帽子を目深《まぶか》に被り、おまけに顔に白タオルを巻きつけて覆《おお》えば誰もマジカルデイジーとは思わない。変質者か強盗犯だと思うだろう。その証拠にすれ違う人の七割がぎょっとした表情でデイジーを二度ないし三度見する。二割は慌てて目を逸らし、隣で歩く緑色のアフロを見てさらにぎょっとする、一割はテレビカメラを探す。

辱《はずかし》めとしか思えない道行きの行き着く先は廃屋《はいおく》だった。

街の中にあって、それはあきらかに廃屋だ。単に古いだけでなく、元は民家だったのだろうが、全く人の気配がない。傾ぎ、煤け、雑草も生え放題、トタンの屋根が一部剥《は》がれている。

偉い人は右手にハンディカメラを持ったまま、立ち入り禁止の札が下った鎖《くさり》を潜《くぐ》り、鍵を開けた。中の空気は淀《よど》んでいて埃っぽい。

「これよりここを片付ける。一生懸命やるように」

十分後。

「それこっちに持ってきて。ダンボールの中に入れてまとめよう」

「あ……はい。ねえパレット。これっていつ終わるの？」

「さあ……」

「ほら無駄口叩いてる暇あったら手ぇ動かして！」

三十分後。

「あの、この畳腐ってるんですけど……」

「じゃあそれも捨てるところに入れておいて」

「畳の下の床も腐ってるんですけど……」

「床板剥《は》がしておいて。修理するから」

一時間後。

「そうそう、釘はそうやって打つの。やっと理解できたねー」

「あ、ありがとうございます」

二時間後。

「釘足りなくなったからそこのホームセンターで買ってきて。お金は出すから」

「ゴミ袋も買い足しておきますね」


五時間後。


「デイジービィーム！」

「よしよし、これでゴミは消えた」

「ご飯と豚汁できたよー」

「それじゃちょっと遅いけど晩御飯にするか」

「パレット、そんなに小さい身体でよくお料理作れるよね」

「はっはっは、年季が違うのさ」


翌日の朝まで作業は続き、三人で廃屋を甦《よみがえ》らせ……は少し大げさだが、人が暮らせるくらいにはなった。大家だというお婆さんには大感謝され、ぎゅっと手を握られてありがとうありがとうとお礼をいわれるとなんだかデイジーも嬉しくなった。

◇◇◇

新人漫画家、園田《そのだ》かりん二十一歳は首を捻った。毎週視聴していたマジカルデイジーだが、今日放送されたものはどうにもおかしい。

マジカルデイジーが魔法を使うでもなく、普通にボロ屋の片付けと修理をする。

たとえば、先々週放送されたマジカルデイジーでは、穴掘りから宝探しが始まった。このように、何気ない日常から冒険が始まるという流れはマジカルデイジーに限らずありがちだ。きっとそんな流れになるのだろうと思って見ていたら、修理と片付けだけで終わってしまった。ボロ屋の家主である老婆に感謝され、みんなで笑う。パレットの「古い物でも修理すればきちんと使うことができるんだね」という道徳の授業で見せられた教育番組のような感想をもって締め。フェードアウト。オチがない。

しかも、いつものコスチュームではなく、普通の長袖Tシャツにジーンズ地のオーバーオール、顔は布で覆い、頭には野球帽というアメリカの田舎町でチェーンソーを振るっている殺人鬼のような格好だ。かりんは思う。こんなの魔法少女じゃない。

マジカルデイジーの魅力は、朝の番組なのにもかかわらず、魔王でも悪の秘密結社でもない、リアルな反社会的団体とガチで戦うアバンギャルドさにある。かりんが好んで視聴していた理由がそれで、世間的に評価されている部分もそこだ。今日の放送は、マジカルデイジーの魅力を完全に損《そこ》なってしまっていた。

なにがどうしてこうなったのか。

魔法少女総合サイト掲示板のマジカルデイジー感想スレッドを見てみると、見たことがないくらい荒れていた。マジカルデイジースレは、現行アニメの中でも比較的緩やか、穏やかで、過ごしやすいスレッドだったのに、どこからか流入してきた荒らしも含めて目を覆わんばかりの惨状になっている。

かりんはのしのしと部屋を横断し、戸棚にしまってあったポテトチップスを取り出して袋を開けた。昨日の晩まで決意していたダイエットしようという思いはすでにない。マジカルデイジーがおかしくなってしまったストレスを解消する方が優先される。

午後になればアシスタントさんが来る。締め切りも間近い。微妙なポジションの漫画家は売れっ子以上に働かないと立場を維持することができない。しかし、その前に溜まっているストレスを発散しなければならない。

ポテトチップスをバリバリと貪《むさぼ》りながらキーボードを叩いた。今日の内容についてはかりんだっていいたいことが山ほどある。魔法少女愛好家として、マジカルデイジーのファンとして、いいたいことが後から後から湧《わ》いてくる。

主張したいことを前面に出しながらも、常駐コテ「ジェノサイ子」として、掲示板の平和を守らなければならないのだ。かりんに課せられた使命は多い。マジカルデイジーを守るために働かなければ。

「そうだなぁ……署名活動でもしてみよっかな」

◇◇◇

窓越しに空を見上げた。青一色の一面に、白い飛行機雲が走っている。一幅《いっぷく》の絵としてそのまま通用しそうな見事な青色だ。こんな悔しい思いで見上げるのでなければ、きっと気持ちのいい青空なのだろう。たとえ散らかったホテルの一室で見上げた空だとしても。

自分はけして間違っていないはずだという思いが募る。

野球帽を取り、ベッドの上に投げた。アフロのカツラを外し、眼鏡をかけて白衣を羽織《はお》った。立方体パズルを首からかけ、ショートパンツに足を通す。

仕事を外された。

魔法少女アニメが好きだった。だからこそ情熱を抱いていた。そんな熱い思いが理解されなかった。

正しい魔法少女を知ってほしいと思い、一生懸命頑張って番組制作を手伝ったのに、評価は最低、ただちに帰還するよう「魔法の国」から命令された。ここからが本当のマジカルデイジーになるはずだったのに。アニメという手段を得、正しい魔法少女の正しい活動内容を知らしめるはずだったのに。少女が指導したアニメの内容が大衆には受け入れられず、抗議と不平が殺到し、慌てたテレビ局によってマジカルデイジーは元の反社会的アニメに逆戻りする。

——衆愚だ。ポピュリズムだ。迎合《げいごう》でおもねりだ。

少女はホテルの窓を開けようとしたが動かなかった。安全のため窓が開かないようになっている、所謂《いわゆる》嵌《は》め殺しというやつだ。

「魔法少女アニメなんて大っ嫌いだ！」

少女——キークが、開かない窓に向かって叫ぶとガラスが震えた。

チェルナー・クリスマス

『魔法少女育成計画restart』のゲームが始まる
ちょっと前のお話です。

魔法少女になるため必要なものは、唯一、魔法の才能のみである。知性、優しさ、勇気、克己心《こっきしん》、体力、心の強さ、全て後から求められることこそあれ、魔法少女に選ばれる際に必要条件とされることはない。

逆にいえば、「魔法の才能」という数字にできないあやふやなものさえあれば、誰でも魔法少女になることができる。年齢も性別も人種も関係なく、ごく稀《まれ》にではあるがもっと大きな括《くく》りさえも超えて——

◇◇◇

高仲《たかなか》精肉店では二種類のコロッケを取り扱っている。普通のコロッケが一個百円。焦《こ》げたり崩れたりと失敗したコロッケが一個五十円。東京から帰ってきた一人息子が店に入ってから「五十円のコロッケ」が売られるようになり、常時金欠の学生や安サラリーマンを喜ばせていた。彼らは普通のコロッケを「立派なコロッケ」と称し、失敗作のコロッケを「普通のコロッケ」と呼び、こちらを優先的に買っていく。高仲精肉店のコロッケは安く、味もいいし、挽肉《ひきにく》も多く、衣がカラッと揚《あ》がっていて、なによりボリュームがある。

最近は失敗コロッケが出ない日もあり、「息子さんも上達したんだなぁ」などと話しながら少し寂しげに「立派なコロッケ」を買っていく客もいる。そういう意味では、建原智《たてはらとも》樹《き》が五十円のコロッケを六つもゲットできたことは幸運だった。

だが智樹には自分が幸運だとはとても思えない。公園のブランコに腰掛けため息を吐《つ》いている自分は、ドラマや漫画に出てくる「リストラされたことを家族にいえず、公園に通い続ける中年サラリーマン」のようだと思う。

そもそもは智樹の姉が悪い。部活が終われば真っ直ぐ家に帰ってくるはずだったのに、一時間遅れて帰ってきた。理由は知っている。野球だ。姉が野球をしているのではなく、学校の帰りに野球の紅白試合を観戦してきた。

智樹の姉は中学校に上がってから野球観戦に興味を持つようになった。たぶん中学に上がって誰かの影響を受けたのだと思う。それまで姉の口から野球の野の字も出ることはなかった。少なくとも智樹が聞いたことは一度だってない。

姉が中学生になった時は、小学生が間違って中学生の制服を着てしまったようだ、と思った。こんなひょろついた中学生で、いじめられでもしないだろうか、と心配さえした。今思えば心配して損をした。

姉は野球をプレイするのではなく、あくまでも観戦する。物心ついた時から「趣味、読書」を貫いてきた運動音痴がなにを思ったのかは知らないが、智樹にとっては迷惑至極《しごく》だ。

姉と交代で留守番をする約束だったのに、姉の帰宅が遅れたせいで智樹の休日が台無しになってしまった。今ならぎりぎり間に合うかと全力で自転車を走らせてゲームショップに到着したのは予定の三十分後。カードゲームの大会は既に開始され、友人達が楽しそうにダメージを与えたり与えられたりしていた。

——今日から配布される入賞者限定のプロモーションカードがあったのに！　冬休みが始まったばかりで幸先《さいさき》悪いってもんじゃない！　全部あのブスのせいだ！　ブスブスブスブス！

心の中で姉を罵《ののし》っても時間が戻るわけではない。

友人達が悪いわけでも、ショップが悪いわけでもなかったが、そのまま大会を観戦するのも癪《しゃく》に障《さわ》った。自転車に跨《また》がり、来た道を戻る。時間の無駄使い、無為な行動に苛立ち、運転が荒くなったせいで電柱にハンドルを引っかけ転倒しかけ、さらに苛立《いらだ》ちが募る。

高仲精肉店から香るコロッケの匂いに気がついたのはそんな時だった。日曜の午後、育ち盛りの小学四年生が最も腹をすかせている時間帯。見れば「立派なコロッケ」の隣に「普通のコロッケ」が山盛りに積んである。

大会参加費は丸々財布の中に残っていた。やけ食いでもすれば憂《う》さ晴《ば》らしにはなるかもしれない。高仲精肉店のコロッケを食べるのも久しぶりだ。今日を逃せば「普通のコロッケ」がいつ店頭に並ぶかわからない。

そんな思いが次々と浮かび、気がつけばコロッケを六つ買って、油の染みた茶色の包み紙を手に持ち公園のベンチに腰掛けていた。もう年末、冬休みに入ってから今日で二日目。

当たり前のように寒い。家に帰って食べれば温かいだろうとは思うが、姉のことを思うと腹立たしいのに、なんで姉と顔を合わせて食べなければならないのかとも思う。だったら家に帰るまでに食べ尽くす。

今頃友達はカードゲームで遊んでいる。ひょっとすると智樹がいないことに気づいていないかもしれない。大会が終わってから「そういえば今日は建原どうしたん?」なんてとぼけたことをいってる様が容易に想像できた。

――ああ、ムカつく、ムカつく。

包み紙を力任せに引き破き、顎関節の限界まで口を開いてコロッケにかぶりつこうとし、上下の歯を噛み合わせる直前、大きな音が鳴った。地の底深くから聞こえてくるような、重々しく、大きく、ぞっとするような――腹の音だった。

智樹ではない。腹の虫が鳴くことがあっても、あんな大型肉食獣のような音を立てたりはしない。咬合を中断、コロッケからそろそろと歯を離し、公園の中を見回した。

滑り台。ブランコ。鉄棒。ジャングルジム。誰もいない。野良猫さえいない。

そこから噴水を経て街灯の下に目を移し、見上げ、発見した。街頭の上に人影がしゃがんでいる。見間違いではない。人影だ。街灯の天辺は地面から五メートルはある。

人影はぴょんと飛び降り、音も立てずに着地した。智樹をじっと見ている。女の子だ。姉と同じくらいだろうか。それとももう少し上で高校生くらいだろうか。格好が格好だけになんともよくわからない。

全体がふわふわと柔らかそうで、丸い耳が生えている。肩には猫に斜線が入ったマーク。まるでネズミを模した着ぐるみのようだ。しかし顔は露出している。智樹はその顔を見て後《あと》ずさった。怖い顔だったわけでもないし、知り合いだったわけでもない。顔立ちが恐ろしく整っている。被り物から零れた薄桃色の髪が風に靡《なび》いてさらさらと流れた。サンタクロースが持っているような、大きくて白い布袋を右手に提げている。

そして目に力があった。瞬き一つせずに智樹を見ている。智樹の、手元を。

それに気づいて手元を見ると、智樹の右手はコロッケを、左手はコロッケの包み紙を持っていた。女の子をちらと見て、コロッケを掲げて首を傾げた。女の子は力強く何度も頷き、コロッケを食い入るように見詰めた。智樹が恐る恐るコロッケを差し出すと、女の子は近づいてコロッケに齧《かじ》りつき、持っている手にも歯を立て、智樹は悲鳴をあげた。

「すっごくいい匂いがしたからね、きっと美味しいものだと思ったんだ。それで食べてみたらとっても美味しかったんだよ」

女の子は瞬く間に智樹のコロッケを食べ、包み紙も奪い取ってその中身を貪り尽くし、呆然とする智樹に向かってありがとうと頭を下げた。

智樹は、満足そうにお腹をさすってベンチに腰掛けている女の子を横目で見た。手の痛みはもう忘れている。

「チェルナーは鼻がいいから間違えないんだー」

「ええと……チェルナーさんっていうんですか？」

「チェルナーはチェルナーだよ？　おまえは誰なの？」

「建原智樹、です」

おそらくは年上なのだろう。なので敬語を使っている。が、どういう相手なのかは、やはりわからない。チエルナーというのが名前なのだろうか。所謂キラキラネームというやつか。いや日本人ではないのかもしれない。顔立ちもどこか日本人離れしている気がする。そもそも本名ではないということもある。キャラクターの名前とか、芸能人の芸名とか。あらためて格好を眺めると、チンドン屋とかお笑い芸人とか特殊なアイドルとかそういう風に見えて、いかにも芸名を持っていそうな感じだ。

「チェルナーはとってもお腹がすいてたの。だからよかったなー」

「あ、うん。そうなんですか」

「でもお腹がすいてるのはチェルナーだけじゃないんだよ」

「ああ、そうなんですか」

「チェルナーのファミリーはみんなお腹をすかせているの」

そこからチェルナーによる説明が始まった。日本語として怪しい部分も多く、やはり芸名ではなく外国人なのかもしれない、と智樹は思った。

チェルナーにはファミリーがいる。同じ故郷を持つ仲間達が、日本全国に散らばっている。強いリーダーは数多くのファミリーを養う義務があるので、誰よりも強いチェルナーは誰よりも多くのファミリーを持つ義務があるのだという。

ファミリー。日本語に直訳すると家族。たくさんの家族を養うために、日本全国津々浦々で食料を集めている。大家族？　苦労人？　一つ一つが腑に落ちず、だが嘘を吐《つ》いているようにも法螺《ほら》を吹いているようにも妄想に浸《ひた》っているようにも見えない。

「それでね。もうすぐ特別な日がやってくるの」

「特別な日？」

「その日はね、リーダーがファミリーみんなのところに行って、贈り物をして回らなくちゃいけないの。普段よりもっともーっといいものをプレゼントできないと、リーダーじゃなくなっちゃうんだ」

クリスマス？　お年玉？　どちらもありそうな気がした。

「だからね」

チェルナーが智樹の手を取り、ぎゅっと握った。木枯らしの吹く中でも消えはしない仄かな温もりを感じた。それに柔らかさと、肌のすべすべとした滑らかさ。智樹の心拍数がぐんと上昇した。頭に血が昇る。

「美味しいものを探してるんだ」

チェルナーは智樹の手を握ったまま走り出した。その勢いに、智樹はついていくどころか引っ張られている。

「ちょ、ちょっと！　ストップストップ！」

止まった。慣性によって進もうとする身体をチェルナーに受け止められた。掌以上に、とても柔らかい。

「なんでストップ？」

智樹は柔らかさに捕らわれようとする己を振り払い、

「美味しいものを探してる？　それでどこに行くっていうんですか？」

「さっきチェルナーが食べたやつがもっと欲しい。あれ美味しかったから。だからあれがとれる場所を教えてよ」

「あれは……もうお金がないから」

「なんで？」

「なんでって」

意外そうな顔をされてしまった。

「トモキは大人なんだからしっかりしてほしいなー」

「いや大人じゃないです。子供です。まだ小学生です」

「えっ！　子供だったの！」

　これまた意外そうな顔をされてしまった。チェルナーの期待に応えられなかったようで、なんとなく心苦しくなったが、これはどう考えても智樹を大人だと思う方が悪い。客観的に見ても小学生以外の生き物には見えないはずだ。

「そっかー。子供かー。さっきの美味しいのはもうないの？」

「まあ、はい。そうです」

「じゃあいいや。他のを探そうよ」

「えっ」と思う間もなく手を取られて引っ張られた。

◇◇◇

　子供であるということがわかり、しかもこれ以上コロッケは供給できないと告げ、御役《おやく》御免《ごめん》になると思っていた。なんとなく名残惜《なごりお》しいような不思議な気持ちだったけど、これでお別れになって、家に帰ってから「なんかすごい女の子に会ったよ」と姉に話したりするんだろうな、と思っていた。

　なぜか智樹は今もチェルナーと行動を共にしている。

「コンビニとかファミレスってあるかな？」

「場所ならわかりますけど、お金あるんですか？」

「忍びこむのとゴミを漁るのとどっちがいいかなー」

「いやどっちもダメですよ」

「ダメなの？」

「ダメですよ」

「そっか……特別な贈り物だからいつも食べてるようなごはんじゃダメなんだ。そういうことなんだよね？」

「もうそういうことでいいです」

「アンケートとったんだよ。どんなのが欲しいですかーって」

「どんな回答があったんですか？」

「猫の肉が食べてみたいとか」

「それは……ちょっと……」

「あとはね。せめて音楽家に一太刀《ひとたち》浴びせたいとか」

「どういう意味なんです？」

「病院に住んでるファミリーの子がね。そういってる『ニュウインカンジャ』の女の子がいるっていってたの。意味はチェルナーにもよくわかんないなー。トモキはわかる？」

「これっぽっちもわかりません」

「あの……なんで脱ぐんですか？」

「走って汗かいたから水浴びしたいなーって思ったんだ」

「この寒いのに？」

「ああ、そっか。今は毛皮もないもんね。きっと冷たくて寒いよね」

「ええ、まあ、たぶん」

「トモキは頭いいなー」

「……ありがとうございます」


「隠れて！」

「どうしたんですか？」

「ほら、見てあの人」

「あのお婆さんですか？　薔薇《ばら》のコサージュつけてる人？」

「あの人すごく強いから気をつけないといけないんだよ」

「あの人が？」

「チェルナー知ってるんだ。あの花つけてる人に逆らったらいけないんだよ。よく覚えてないけど、なんかすごいことがあったような気がするんだ」

「ええと、よくわからないけどわかりました」

「そういえばチェルナーさんはなんでそんな格好をしているんですか？」

「しっ！　それを訊いたらダメ！」

「えっ……どうして？」

「チェルナーの正体を探ろうとすると消されるよ！」

「えっ……あの……えっ？　わ、わかりました」

「ちょっとどこに行くんですか」

「一緒に来たらなんでもあげるよってこの人間が」

「だ、ダメですよそんな理由で知らない人についていったら！　チェルナーさん！　ちょっと！　行っちゃダメだって！　おまわりさーん！　おまわりさーん！」

　街中を引きずり回される形で見て回った。チェルナーが反社会的行動をとろうとする度、智樹は彼女を必死で押し止《とど》め、ただでさえ見た目で目立つのが一層目立つ。明日あたり智樹を含めて噂になっているかもしれない。

色んな場所を回ってみたものの、まっとうな方法でチェルナーの望む食料を手に入れることはできなかった。理由は簡単、チェルナーも智樹も先立つものがない。結局、二人は出会った公園に戻ってきた。二人並んで押し黙ったままベンチに腰掛けている。

もう薄暗くなっている。心なしか寒さも増しているようだ。それは心の問題か、それとも実際寒いのか。たぶんどちらもだ。悲しくなってくる。

この寒空の下で自分はなにをしていたのだろうかと空《むな》しくなって隣を見ると、チェルナーが項垂《うなだ》れている。薄暗くなってはいるが、目元に光る物が見えて智樹は慌てた。

「だ、大丈夫ですか？」

「チェルナー、プレゼント見つけられないのかな……」

チェルナーは、姉と同じくらいか、少し年上くらいなのに、餓える家族を必死で養おうとしている。涙を流して無力に耐えている。少し突き抜けすぎている感もある天真爛漫《てんしんらんまん》さを見せられてから、この涙。

——なんて……破壊力。

涙の一筋が智樹の心に突き刺さった。

チェルナーが泣いている。智樹の喉の奥のさらに奥にあるなにかが、熱くて濃くて言葉にできないなにかがこみ上げる。お前はなにをやっているんだ、と誰かが叫んだ。こんなことをしている場合じゃないだろう、とも叫んだ。

智樹は、誰かの声に突き動かされるように立ち上がった。

「ちょっと待っててください。すぐに戻ってきます」

智樹は自転車に跨り、全力で漕《こ》いだ。ほどなく自宅に到着する。

玄関先に自転車を置き捨て、靴を蹴り脱いで台所に向かった。親に怒られるなんて瑣末《さまつ》なことを気にしている場合ではない。引き出しからゴミ袋を取り出し、冷蔵庫の中、冷凍庫の中、それに戸棚から食料を取り出し、詰める。

「……なにしてんの？」

背後から姉の声が聞こえたが、そんなこと、今はどうでもよかった。

詰める。

「ねえ。なにしてんの？」

詰める。詰める。

「ちょっと智樹」

「止めんなよ。食べ物が必要なんだよ」

「怒られるよ、そんなことして」

「いいよ別に怒られたって」

それでも止めようとする姉を振り払う。年も暮れようというのに、腹をすかせている子供達がいる。子供達にご馳走をプレゼントしようとして走り回っている女の子もいる。自分にできる最大限のことをしていったいなにが悪い。

といったことを大声で怒鳴りながら食料を詰め続け、袋の口を縛った。四十五リットルの袋、一つと半。けして多くはないが、これが今の智樹にできる精一杯だ。これを持ってチェルナーの元へ向かおうと袋を背負って振り向くと、智樹以上に大きな荷物を抱えた姉がいた。

「姉……ちゃん？」

「うぅ、こ、これも一緒に持っていって」

智樹の前にどさりと置かれた食品の山。四十五リットルの袋にして五つか六つは必要になるであろう量がある。

「姉ちゃん、これは？」

「よくわかんないけどさ。困っている人がいるなら放っておけないでしょ」

「なんか伊勢海老とか仔豚の丸焼きとか混じってるけど……どこから持ってきたの？」

「そんなの気にしないでいいから。ほら、早く持ってってあげないと」

「うん……ありがとう！」

姉に礼をいったのは何年ぶりだったろう。こんなに気持ちよくありがとうといえたのは、物心ついてからなかったかもしれない。二人で食料を抱え、祖父が普段野良仕事で使っているリヤカーに乗せた。重いが、その重さが今は嬉しかった。

「すごい……すごいよ！」

ビニール袋から零れんばかりの大量の食材を見るなり、チェルナーは踊るように跳ね、喜びで頬が緩み、手近にあった袋の口を解いて七面鳥の丸焼きに齧りついた。

「ちょっと待って！　チェルナーさん、食べちゃダメ！　持っていかないと！」

「あ、そっか。チェルナーちょっと失敗した。美味しそうだったから」

チェルナーは袋の口を縛り直し、リヤカーに積んであった袋を一つ一つ指に引っかけ、両手を使って全て持ち上げた。相当な荷重が指にかかっているはずだが、苦にしている様子はまるでなく、満面の笑みを浮かべて喜んでいる。

「ありがとね！　トモキ！」

「いやあ、大したことじゃ」

「トモキが大人になったらファミリーに入れてあげるね！」

「あはは、ありがとうございます」

「チェルナーとトモキで赤ちゃん作って育てようね！」

チェルナーは荷物など持っていないかのようにひらりひらりと塀《へい》の上から屋根の上に飛び乗り、智樹ににこにこの笑顔を向けて手を振り、屋根の向こうに姿を消した。

「……赤ちゃん？」

最後にとんでもないことをいわれたような気がする。

◇◇◇

アンナは不可解な部屋の状況を見て眉をひそめた。

鍵をかけたはずの窓が、なぜか半開きで開いている。さらに可愛いがっているペットのハムスター——名前はたまちゃん——のケージの中に入れた記憶のないオブジェクトが転がっていて、たまちゃんが必死でそれを齧っている。いったいなんだろうとケージを開けて取り出してみると、伊勢海老の頭だった。

「ホワイ？」

問いかけても返事はない。

アンナは日本文化が大好きで、友人からも日本かぶれといわれて久しい。魔法少女に選ばれた時も、迷いなく和風の名前と、日本の巫女をモチーフとした外見を選んだほどだ。そんなアンナでも、伊勢海老の頭をハムスターの餌として与えるような真似はしない。そもそもこの家のどこにも伊勢海老などないはずだ。

泥棒が入って、伊勢海老の頭を置いていった？　不自然だ。

「ワタシが良い子だったから、サンタさんのプレゼントですカネー？」

ケージの中のたまちゃんがチュウと鳴いた。

ワンダードリーム

『魔法少女育成計画』の生き残りゲームが終わってから
約一年後、そして『魔法少女育成計画restart』の
ゲームが始まる前のお話です。

一人の少女を中心に、扇《おうぎ》の形で散開していた黒服の男達が一斉《いっせい》にマシンガンを抜き放った。

「貴様もこれで終わりだ！　せいぜい念仏を唱《とな》えるんだな！」

「申し訳ないけど神も仏も信じていないわ」

「だったらそのまま死ぬんだな……やれっ」

リーダー格の合図に従い、部下の黒服達がマシンガンを乱射する。木箱を破壊し、コンクリ壁を穿《うが》ち、窓ガラスを割り、跳弾《ちょうだん》が十メートル四方の部屋を飛び交い、その内一発がリーダー格の太股《ふともも》を貫き、悲鳴があがり、鮮血が迸《ほとばし》った。

「撃ち方やめえっ！　ストップ！　ストップ！」

太股を押さえて転がっているリーダー格の指示に従い、男達は引き金にかけていた指を緩めた。硝煙《しょうえん》が徐々に晴れ、輪郭さえはっきりしていなかった人の影が露《あらわ》になっていく。

「神も仏も信じちゃいない。だけど私は私の正義を信じている。私が……マスクド・ワンダーが正義を貫く限り、銃弾程度で死ぬことはない」

転がる薬莢《やっきょう》の中、マントを翻し、何者にも屈することなく一人の女性が立っていた。

その身体には傷一つついていない。

「ち、ちくしょう！　化け物女め！」

「観念しなさい！　抵抗すれば痛い目見るわよ！」

その言葉を発してからナイフを抜いた男達を叩きのめすまでに要した時間は二秒半。秒殺だ。部屋の中央に倒れた男達をまとめ、ふうとため息を吐いたところでパチパチと拍手の音が聞こえた。窓の外に女の子がいて、一生懸命に拍手をしている。

「いいね！　素晴らしい！　かなりスーパーヒーローっぽかったよ！」

「ありがとうございます」

女の子は満足げに何度も頷いた。好《このみ》も……マスクド・ワンダーも頷いた。

訓練が始まってからすでに一ヶ月。訓練前の自分から見るとまるで別人のようになった。

◇◇◇

秘密の訓練が始まる以前から三田《みた》好はマニュアル至上主義者だった。マニュアルとは、先人が試行錯誤、苦心惨憺《さんたん》の末に生み出した「最も効率的だと思われる方法」である。自身で上をいくやり方を生み出すのが創造性で勝っているが、実行するためには先人以上の艱難辛苦《かんなんしんく》は必須となる。それに時間を取られるくらいならば、先人に敬意を払って既存のやり方を踏襲《とうしゅう》するのがベストだろう。

それが合理的だ。好は合理的で無駄のないものが好きだった。

切羽詰《せっぱつ》まった企業が決まって合理主義に走るように、無駄をなくして効率を重視するのが上手くいくための近道だ。皆が決まり事を尊重《そんちょう》し、遵守《じゅんしゅ》し、確実に実行する。それが好の考える最高の合理主義といっていい。

幼稚園に通っていた頃、友人達が「えんのきまり」をろくに守らず、手も洗わず、うがいもせず、そのせいで集団感染して幼稚園が一時閉鎖する騒ぎになった。幸いにして死者が出ることはなく、後々笑い話になったが、友人達が腹を押さえて唸《うな》っている中、一人おろおろしていた好にとっては笑い話どころではなかった。慌て、騒ぎ、泣き、おののいた。友人達が苦しみもがく地獄のような光景が心にしっかりと刻みこまれた。

好の自我の基礎部分はその時形作られたといっていい。先生のいいつけに背《そむ》かず、一人「えんのきまり」を遵守していたおかげで病から逃れ、腹を痛めることもなく家でのんびりできたのだ。

決まり事を守っていれば間違いはない。教科書に書いてあることを根こそぎ暗記し、計算式も年号も一つとして忘れず、定められたことを受け入れ、自分勝手を慎《つつし》む。テストは常に満点で、両親も先生も褒めてくれた。

好も誇らしかった。自分が正しいと思っていることを認められた。

がり勉、点数稼ぎ、そんな陰口も知ってはいたが、気にならなかった。好が覚えるべきマニュアルは後から後から途切れることなく積み重なっていく。教科書だけでなく、参考書、問題集、過去問、各種テキストが雨後の筍のように次々と現れる。一つ一つ、丁寧に覚え、学ぶ必要があった。クラスメイトの陰口にかかずらっている暇はない。友達はいなかったが、好にはそんなものなど必要なかった。

両親は特別に教育熱心というわけでもなく、だが娘が学びたがっているのを止めることもなかった。望むものは惜しみなく与えてくれた。「一緒に映画に行かないか」とか「スケートでもしてみないか」とか「漫画を買ってあげようか」とか「テレビゲームをしたくはないか」とか「アニメのDVDを借りてこようか」とか、何度か誘われることはあったが、好は全て断り、やがて両親は好に娯楽を与えようとはしなくなった。

好が求めるものは娯楽ではなく学習だ。新しい参考書や問題集の方が役に立つ。

双方ともに良い家の出で、のんびりした気質の両親は、気を悪くすることもなく「そういう子なんだ」と認識し、通知表にある「一人を好み、仲の良い友達がいない」という評価を気にしつつも娘のやりたいようにさせた。トンビ二羽からとんでもない大天才が生まれてしまったかもなと二人で笑った。

中学は全国でも有数の進学校である私立に進み、そんな環境でも「がり勉」という陰口を叩かれ、相変わらず友達はできず、好は勉強にのめりこんでいった。

そんな好が、魔法少女になったきっかけ、経緯については、曖昧模糊《あいまいもこ》としている。生涯最大のビッグイベントで、大きな心の動きに満たされていたはずだが、なぜか記憶が茫漠《ぼうばく》としていた。思い出せない。あまりの驚きでぼうっとしていたせいかもしれない。

なぜ姿が別人のものに変わるのか。どうして人間の限界を超えた身体能力を有しているのか。質量保存の法則を初めとした物理法則を超越しているのはなぜか。

そのような疑問には「魔法とはそういうものだから」としか教えられず、「正体を隠して人助けをするように」という基本ルールのみを教えられ、好は放り出された。

教科書も参考書もなく、教師さえいない。マニュアルを奪われたマニュアル人間は手探りで前に進むことを余儀なくされた。

そしてすぐに頓挫《とんざ》した。好には無理だった。

そもそも魔法少女がどういうものなのかよくわからない。そういう番組をやっていることは知っているが、テレビといえば時事問題が試験に出るかもしれないという理由からメモを片手にニュース番組を視聴していたくらいで、魔法少女のお約束も決まり事もなにもかもわからず、一歩も踏み出せない。魔法少女もののＤＶＤをいくつか借りて視聴したが、どうもぴんとこない。作品によってやってること、やれることに隔《へだ》たりがあり過ぎる。

望む姿に変身したのだ、と説明されたが、この異様な風体《ふうてい》を本当に好が望んでいたのか疑問に思えて仕方がない。「なんとなくそういう感じ」という漠然としたイメージがそのまま実体化してしまったように思える。

マスクにマント、豊かな金髪、豊満なバスト、形よく突き出たヒップ、どこかで見たような気もするし、見たことがないような気もする。どちらにせよ、自分自身なのにもかかわらず感情移入がし難《がた》い。姿を変えないわけにはいかなかったのかと本気で思う。

マニュアルが欲しいというメールを繰り返し「魔法の国」に送ったが、梨のつぶてでろくな返事がない。やっていいことと、やってはいけないことの境が曖昧過ぎて動けない。かといってなにもしないのも「人助けをする」というルールに反するのではないかと思えてどうしようもない。

自縄自縛《じじょうじばく》のまま時間だけが経過していく。

相談にのってくれるような友人はいないし、学校や塾の先生に質問すべきことでもない。両親に「魔法少女とはどういうものか、どんな活動をするものなのか」と、なるだけぼかして質問したところ、「好もそういうのが好きになったのか」と父母ともに嬉しそうで、昔視聴していた魔法少女アニメからドラマや映画にまで話はとび、ほとんど参考にはならず、悩みが解決することもなかった。

好は考えた。魔法少女になったのは中学一年生、現在は中学二年生である。すでに受験の準備は始まっていた。ここからが人生で一番大変な時期になる、はずだ。魔法少女活動はあくまでも社会奉仕であり、学業の合間にやるのが好ましいのではないか。つまり高校に合格してから魔法少女デビューすべきだ。

自分に対する言い訳という自覚は持ちながらも、それなりに納得のいく理屈であるように思えた。好は魔法少女への変身を封印し、受験勉強に勤《いそ》しみ、見事難関高校に合格した。

高校の制服に袖を通し、新たな自分を鏡で映し、いよいよ魔法少女にならねばならないタイミングが来たことを思い出した。先送りにし続け、なにをすればいいのか、未だに理解できていない。

どうしたものだろうという悩みを抱えたまま、好はベッドの上で丸くなり、受験勉強の疲れも手伝って、気がつけばすやすやと眠っていた。

◇◇◇

好は、とても「夢の中っぽい」空間にいた。真っ白な雲が絨毯のように敷き詰められ、それが果てしなく続いている。地平線でもなく水平線でもない、雲平線とでもいうのだろうか。前後左右どちらを見ても雲だけが占《し》めていた。

夢らしい夢だなぁ、と夢を自覚し、ふと足元を見るとテレビとＤＶＤプレイヤー、それとラックの中に積み上げられたＤＶＤが置いてあった。

なにもしていないのに、それどころかコンセントの所在さえ定かではないのに、テレビとプレイヤーに電源が入り、ラックからすうっと持ち上がったＤＶＤのケースがぱかりと開き、中身がプレイヤーにセットされた。テレビの前の雲が持ち上がり、ソファーのような形を作った。座れ、ということだろうか。

好は雲のソファーに腰掛け、DVDの再生が始まった。魔法少女のことばかり考えて眠ったので、てっきり夢でも魔法少女のDVDを観るのだろうと思っていたが、違っていた。DVDは昔の特撮ヒーロー物だった。好の父親が生まれる前に放映していたくらいに古い。悪の組織に捕らえられた青年が、改造、強化され、さらに洗脳されようとしたが、あわやというところで逃れる。改造された身体を武器に、青年は組織に立ち向かっていく。

好はDVDを観続けた。再生が終わると新しいDVDに入れ替えられ、最終話が終わり、スタッフロールが流れ、好は自分が涙を流していたことに気がつき、目が覚めた。

起きた後は夢を忘れている。なにかが夢であった、それくらいの薄ぼんやりとした感覚しかなく、それでもなんとなく心が震えた記憶があり、夜に眠ると同じ場所にいる。

DVDはアニメ、特撮、その他様々な内容を再生し、好はソファーの上で正座してそれを視聴した。マフラーを靡かせバイクを走らせる改造人間。各人一色のコスチュームを身に纏《まと》って戦う戦闘部隊。巨大怪獣と格闘する異星人。闇の武器商人と争うサイボーグ達。アメコミ原作の実写映画に出てきたヒーローは、好が変身した後の姿を思わせるぴっちりしたスーツを身に纏っていた。

勉学によって感動したことは、もちろんある。できなかったことができるようになり、知らなかったことを知る喜びは何者にも代え難い。

しかし勉学で涙したことはない。悔しくても嬉しくても、その感情を次へと向けていた。涙を流すことなく、先へ先へと進み続けてここまで来た。

今感じている思いはなんだろう。

「えんのきまり」を守らなかった友人達が苦しむ様を事あるごとに思い出し、効率的であり合理的であれば無事に生きていけると考えていた。物語の主人公達は効率とも合理とも縁遠い生き方をしている。馬鹿にされても、笑われても、他人のためを考えて行動する。大切な人の笑顔などという曖昧なもののために自分の生命を危険に晒《さら》し、勇気と根性だけで、はるか強大な敵に立ち向かう。

好の好きな生き方ではない。できるだけ遠くでやってくれと冷めた目で見るのがいつもの好だった、はずだ。なのにこの胸の高ぶりはなんだろう。

今の自分は「魔法少女」だ。力を持っている。物語の主人公達と肩を並べて戦ってもなんら遜色《そんしょく》がない。滅多にない機会を手にしたのだ。

DVDを観終わり、知らず知らずの内に拍手をしていた。その拍手に音が重なる。振り返ると、パジャマ姿で小脇に枕を抱えた女の子が両掌をパチパチと打っていた。

「あなたは……」

いったい何者か、と質問しようとし、途中で止めた。女の子の枕からは、好も持っているハート型の「魔法の端末」がはみ出していた。

「このDVDは、あなたが?」

「うーん。たぶん」

「たぶん?」

「よく覚えていないんだよねぇ」

パジャマ姿の女の子は頭をかき、髪の毛の先でふわふわと飾りが揺れた。

「なにか特別なことがあってこんなふうになっているんだとは思うんだけど……それがなにか全っ然、思い出せない」

頭を左右に揺らし、今度は髪の毛ごと振れた。うんうんと唸っている。

「自由に夢の中へ出入りできないし、魔法が弱くなってるとしか思えないし、それになぜか夢の中から抜け出せなくなってるし……でもさ。これは今のあなたに必要なものだったはずだよね? それはなんとなくわかるんだけどさ」

DVDセットを指差した女の子を見て好は少し迷い、迷いを振り払うように首を横に振り、最後に深く頷いた。

◇◇◇

パジャマの女の子に事情を明かすと「よくわからないけど、私が手伝ってあげられそうだよ」といってくれた。根拠はないが、なぜか自信はありそうだった。

名前はマスクド・ワンダー。正体は不明。掲げるは正義。巨悪を討ち、弱者に手を差し伸べる英雄の中の英雄。あらゆる物体にかかる重力を操る特S級能力者。大統領とは旧知の仲で、国家存亡の危機に頼られたことも一度や二度ではない。どんなに困難な任務だとしても、マスクド・ワンダーの辞書に不可能という文字はないのだ。

「……この設定って必要なんですか？」

「絶対必要だよ！　ペンタゴンとかＦＢＩとかバチカンとかから連絡があった時、こういうのがあればプラスになるって！」

朝起きた時には夢の中の全て、考えた設定も忘れている。はずなのに、気がつけば授業中ノートにさらさらと設定を筆記していた。誰にも気づかれなくて本当に良かった、と好は胸を撫で下ろした。

「私はマスクド・ワンダーです。敵をやっつけます」

「違う違う違う！　そんな英語の教科書みたいな喋り方じゃなしに！　もっと尊大に！」

「私は……マスクド・ワンダー？」

「疑問系じゃなくて！」

「わ、私はマスクド・ワンダー！　悪いやつは許さない！」

「もっとアメコミっぽく！」

「我が名はマスクド・ワンダー！　悪は許さないわ！」

「そう！　そんな感じ！」

黒服の男達が全部で十人、全員がマシンガンを手にし、銃口をこちらに向けている。

「あの……これ、危なくないですか？」

「大丈夫だよ、夢だから」

「はあ」

「勝ったら倍々で人数増やしていくからね。それじゃ皆さんよろしくー」

「おう、任せとけや。マスクド・ワンダーの命とったらあ」

「ナメてんじゃあねえぞクソスベタが」

「おめえのせいで組織がどれだけの損害を蒙《こうむ》ったか……思い出すだけでも腹が立つぜ！」

「大丈夫なのかなあ……」

露出度の高いガンマンスタイルでテンガロンハットを被った少女が微笑んだ。

「うふふっ。私の名前はカラミティ・メアリっていうの。よろしくね、ワンダーさん」

「それじゃこの綺麗なカラミティ・メアリと模擬戦三万本ね」

「綺麗な……？」

ある時は女の子と一緒に他の魔法少女の夢を見学にいった。

「誰の夢でも自由に見に行けたはずなんだけどね。たまーに思い出したように、誰かの夢を見に行けるだけになっちゃった。だから今日の機会を逃すと次がいつかもわかんないよ」

「魔法少女が魔法少女としての夢を見る」ことは非常に珍しく、彼女が見る夢を見学すれば参考になることはきっとあると少女は語り、抜き足差し足、気づかれぬよう足音を抑えて夢の中を歩いた。

森の中、大きな木の下に座りこんで瞑目《めいもく》している少女がいた。全体が青い奇矯《ききょう》な服装に可愛らしい顔立ちと、これで魔法少女でないなら誰が魔法少女だというような見た目をしている。座禅というやつだろうか。修行僧のような雰囲気だった。

青い魔法少女は急に目を開き、木の陰に隠れたマスクド・ワンダーを見た。

「あれ？　ご同輩っすか？」

木の陰という遮蔽物《しゃへいぶつ》を全く問題にせず、魔法少女はマスクド・ワンダーに近寄り、身を縮めていたワンダーの手をとるとぎゅっと握った。どうしようと後ろを振り返ったが、パジャマの女の子は姿を消している。

「夢、じゃないっすよね？　リアルの魔法少女の方っすよね？　いやー師匠から習った『夢の中の修行』をできる人が私以外にもいるとは思わなかったっすよ。同志っすね、同志同志。起きたら覚えてないっていうのがちょっとアレっすけど、なんか身についてる感じはあるんすよね。不思議っすよねえ。睡眠学習ってやつなんすかねえ」

妙に懐かれた。覗き見のようで後ろ暗かったワンダーは逆らうことができず、疲労で足腰が立たなくなるまで青い魔法少女との組み手につき合わされた。

設定を練り、ヒーローっぽい挙措《きょそ》を体得し、戦闘訓練、さらに魔法の精度を上昇させるために様々な物体に魔法をかけた。

夢の中の体験は、目が覚めてしまえばもう忘れている。だが全く身についていないわけではない。身体が、そして心の奥底が覚えている。

魔法少女がどういう活動をするのか、なんとなく理解できるようになっていた。酔っ払いの世話、ゴミの片付け、さらに落書きを消したりする。

分別されていない空き缶をゴミ箱から取り出し、掌の上に置き、重化と軽化を精妙なバランスでコントロール、瞬き一つする間にスチール缶を押し潰し、直径二センチメートルほどの球体に丸めた。習い覚えた記憶のない技術に首を捻り、燃えないゴミのコーナーに放り入れた。

唯一不満足な点としては、戦うべき敵の不在があげられる。物語の主人公達が邁進《まいしん》していた「宿敵との対決」が、現実世界には存在しなかった。

一度だけ、本当にたった一度だけ、チャンスがあった。塾帰りと思《おぼ》しき高校生が、ガラの悪そうな若者数人に囲まれていたのだ。泣き出しそうな顔でつつかれていた高校生には見覚えがあった。クラスの男子だ。

マスクド・ワンダーは、まず電柱の上にまで登り、そこから飛び降りることで颯爽《さっそう》とした登場を演出した。間を与えず、コンマ数秒、人数分のパンチで顎《あご》を打って気絶させ、唖然とする男子を置いてそそくさと立ち去った。追い剥《は》ぎか通り魔のようだが、心中ではガッツポーズを決めている。なるだけ目立たないように、というのが魔法少女の建て前だが、襲われている人を助ける時までそんなことを気にしてはいられない。

そして、翌日。いつものように登校すると、教室では人だかりができている。その中心には昨日助けた男子生徒がいた。男子生徒は昨日の出来事を説明しているようだ。

「すっげえ痴女がいたんだよ」

――痴女……？

「いきなり来てさ。すぐに走って行っちゃってさ」

「いや、意味わかんねーよそれ」

「すげえ格好してたんだよ。お前それでよく外に出れるなって感じの」

「美人だったん？」

「いや……覚えてない。おっぱいが滅茶苦茶おっきくて、そっちに目をとられてたら顔まで見てる暇がなかった」

馬鹿だなーと笑う男子、やだーと笑う女子、皆が笑う中、好はひっそりと自分の席に戻った。

——違う！　痴女じゃない！　絶対に違う！

助けてもらったことは省略され、格好の奇抜さのみを笑いのネタとして扱われた屈辱に身を震わせる。もう二度とお前なんか助けてやらないからな、と心の中で男子に宣告し、その日は一日中腹を立てていた。


「それはあまりよくないことだね」

「夢の中の先生」は、マスクド・ワンダーの活動報告を聞き、腕組みをして、可愛らしく顔をしかめて懸念《けねん》を示した。

「魔法少女にそういう性的な要素が入ってくるのはなるだけ防いだ方がいいかな」

「私としても防げるならそれにこしたことはないけど。正義のスーパーヒロインに胸の大きさなんて関係のないことだもの」

マスクド・ワンダーは唇を噛んでそれに応じた。変身した後のキャラ作りについても慣れたものだ。

「でもねぇ」

女の子はマスクド・ワンダーの胸をじっと見た。どこか物欲しそうにも見える。

「存在感が凄いからなぁ」

「どうしようもないわね」

「そうだねぇ……うーん……」

サラシで押さえる、コスチュームをゆったりしたものに変える、様々な意見が出、その中の一つに、これぞというものがあった。女の子はにっこりと笑い、ワンダーは手を打った。

「我が名はマスクド・ワンダー！　力ある正義の体現者『魔法少女』！」

右手を上に、左手は胸の前で曲げ、足を大きく開いた決めポーズ。気高《けだか》く、格好よく、威風堂々《いふうどうどう》としていていかにもヒーローっぽく、見る者に感銘を与え、なによりごく自然な形で胸の揺れを押さえることができる。

「素晴らしいねえ！　勝利のポーズと名付けよう！」

「これならもう痴女などという不面目な呼ばれ方をされることはないわね」

マスクド・ワンダーは繰り返しポーズをとった。最後の一回で胸が少しだけ揺れた。

「最後のはちょっと腕の曲げ方が甘かったね」

「むっ……油断したわ」

「あなたは嬉しくなると注意力が散漫になるから気をつけてね」

女の子はぱんと両手を合わせた。

「それにさえ気をつければ最高の魔法少女になれるよ。きっとね」

マスクド・ワンダーは不意の眩暈《めまい》にたじろいだ。目が霞《かす》み、瞼《まぶた》を擦るがなにも変わらず、目の前の女の子が、周囲の雲が揺らぎ、ぼやけていく。

「これは……？」

「私はこれでもうさよならするけど」

「えっ……？」

「頑張って魔法少女を続けてね」

声までが遠ざかっていく。

「まだ全てを教わってはいないわ！」

「眠くてさ……ちょっと力が出なくなってきたんだ……」

「そんな……」

「なんか雰囲気的には今生《こんじょう》の別れっぽい盛り上がりだけど、私だってもうちょっとは夢の中にいるから……たぶん……もう夢そのものみたいなもんだからさ……また困ったことがあったら……その時は……また夢で呼んで……」

目が覚めた。右手がなにかを求めて空を掴んでいる。ほうっと息を吐き、右手を下ろした。目元を擦ると、少し濡れていた。

好が起きると、両親はすでに出かけていた。

そういえば朝が早いといっていた。好の従姉妹……両親にとっては姪《めい》が亡くなってからちょうど一年が経つ。今日は一周忌の法要だ。

急な心臓麻痺で、まだ若いのに亡くなった。家が離れているため会ったのは三度四度程度でしかなかったが、当時はそれなりに驚いたことを覚えている。

名前は確か……三条《さんじょう》さんちの合歓《ねむ》ちゃん。

「まあ、それはそれとして」

朝食のサンドイッチを頬張りながら、好は考える。なにかとても変わった夢を見た気がするのに、どうしても思い出せない。いったいどんな夢だったんだろう。

娘々@N市

『魔法少女育成計画restart』の物語のだいぶ前、
そして第一作『魔法少女育成計画』の物語より
少し前のお話です。

「すっげえ！　魔法少女だって！　マジすげえ！」

「名前決めんだってさ、名前。どうすんよ？」

「はーい！　一番、棚橋陽真理《たなはしひまり》！　目を瞑《つぶ》って選んだ文字を魔法少女名に入れまーす！」

「陽真理ぱねえ！」

「よっしゃ、やれやれ！　糞《くそ》とか蝿《はえ》とかそういうの出しちゃっていいのよ！」

「それじゃルーレットスターット！　でででででで……ぽちっとな！」

「なに出た？　なに出た？」

「ええと……＠《アットマーク》？」

「ぶはははははは！　やってくれた！　この娘さんはやってくれましたよ！」

「陽真理さっすがー！」

「じゃあ次みっちーね」

「えっ……あたしは昌子《まさこ》にパスで」

「おっと昌子そのパスを華麗にスルー」

「きったね！　きったね！　なんで私だけにやらせてんですかおい！」

「だってさー、陽真理ってそういうキャラじゃん？」

「そうそう、あたしらは陽真理のキャラを確立させるためにだね」

「アイヤー！　そんなのないアルよ！」

「ないのかあるのかはっきりしなさい、はっきり」

「あははははは、マジだ、はっきりしないわ、あっはははははは……」

女子サッカー部の美千代《みちよ》、昌子、それに陽真理は仲が良く、クラスでは「サッカー部三人娘」と称された。控え選手、当落選ギリギリの正選手、一年の時から不動のエーストライカーと、それぞれ立場は違ったが、ポジションやプレイの出来不出来を超えてノリやテンションが合致した。

「箸《はし》が転がっても面白い」を地で行くテンションで騒ぎ、肩を叩き、腹を抱えて笑い、学校でも部活動でも休日でも行動を共にした。

少なくとも陽真理にとっては、三人でいるのはとても楽しく、あるべき姿という感じでしっくりときた。パスミスを監督に怒鳴られても、暑さでついつい力を抜いてしまった走りこみをコーチから叱られても、授業中に居眠りするんじゃないと先生に怒られても、全国大会の一回戦で逆転負けしてしまった時も、三人揃っていれば笑い話になった。

三人揃って「魔法少女」に選ばれた時が、一番の笑い話だったかもしれない。酒か薬が入っているかのようなおかしなテンションで——どちらの経験もなかったが、たぶんあんな感じだろうと思う——名前を決め、試験中はなるだけ協力しよう、三人の中の誰かが選ばれるよう頑張ろうと、名前を決めた時とは打って変わって真剣に誓い合い、正式な魔法少女を決定するという試験に臨んだ。

試験では陽真理が正式な魔法少女「@娘々《あっとまーくにゃんにゃん》」として選ばれ、美千代と昌子は魔法少女に関する記憶を消されて今までの生活に戻ることになり……試験の帰り道で交通事故に巻きこまれて二人とも命を落とした。正式な魔法少女としての訓戒《くんかい》を受けるため試験会場に残っていた陽真理は難を逃れ、そして一人取り残された。

この辺の記憶はぼんやりとしている。思い出したくないことだからだろうか。それとも、ぼやぼやしている内に全てが終わってしまったからか。

志望校にも合格した。友達もいる。親と不仲というわけでもない。それなりに順調に人生が進んでいるのではないだろうかと思う。

それでも美千代と昌子のことを思い出すと、胸の奥の辺りが締めつけられるように痛くて苦しい。サッカーボールを蹴っている時、誰かを笑わせた時、そして魔法少女として活動している時、どうしようもなく二人のことを思い出す。

陽真理はサッカーをやめた。誰かの冗談に笑うことがあっても、自分から誰かを笑わせるということもなくなった。自発的に魔法少女活動をすることもなくなったが、「魔法の国」は陽真理の心にまで配慮してはくれなかった。

陽真理は……@娘々は「お札に物を閉じこめる」魔法を使用できる。生き物を閉じこめることはできないが、無生物であれば大きさを無視して一枚のお札に閉じこめることができる。運搬役、配達人としてはうってつけの魔法であり、「魔法の国」から呼びつけられては運び屋を仰《おお》せつかることも珍しくはない。

仕事の連絡が入る度、今は亡き友人を思い出すことを恐れている自分にがっかりする。

◇◇◇

正月も冬休みも終わり、世間も忙《せわ》しなさを取り戻してきた、そんな時期。コスチュームの上に、尻尾まで覆うロングコートを羽織って魔法少女であることを隠す。早朝から電車を乗り継ぎ、陽真理は都内の鉄工所にやってきた。

その日承った仕事は二つあった。一つは他県の工場への機材の搬入。魔法の機械やその部品、危険な魔法の薬品、魔法の重機、魔法のコンテナ等、運搬に時間と費用と専門的な魔法の知識が必要な物を運ぶ、というもの。

「で、ついでっちゃ悪いんだけどさ。もう一つ頼まれてくんねえかな？」

全ての品物をお札に封じてから依頼人は陽真理に手を合わせた。着古した作業服に頑丈そうなヘルメット、穴開き軍手、泥のついた安全靴という服装。それに容姿、口調や仕草だけなら、どこにでもいるような作業員の中年男性にしか見えない。「魔法の国」の住人、協力者は、このように一般人のふりをして様々な場所で生活している。

「これなんだけどね」

男は右腕で抱えていたダンボール箱に目をやった。

これから陽真理が資材を運ぶのは日本海側にあるH市。同県内にあるN市にこのダンボール箱を届けてほしいのだという。

「N市は今魔法少女の試験中でさ。なーんか一風変わった試験やってるそうなんだけど、そこで新しい魔法の端末の試験的な導入すんだとよ。アイテムのダウンロードができるようになるとか、そういう新しい機能があるんだと。で、資材の受け渡しが終わったら試験官の方に届けてやってほしいんだわ」

「私にできることなら」

「悪いなあ。恩に着るよ」

作業員は輸送費をケチろうとする「魔法の国」の吝嗇《りんしょく》ぶりを一くさり嘆き、十数人分もの魔法の端末が詰まったダンボール箱を陽真理に手渡し、「これで飯でも食ってくんな」と封筒を強引に押しつけた。

作業員と別れ、電車の中でこっそりと封筒の中身を確認すると千円札が二枚入っていた。

陽真理は駅弁を購入し、窓の外に流れる風景を眺めながら箸を動かした。

◇◇◇

四年前に行われた大合併により、近辺最大規模となった港湾都市、N市。最大規模といっても地方でのことなので、東京近郊から特急でやってきた陽真理は「ああ、田舎だなあ」という印象を受けた。

H市で納入を済ませ、鈍行に揺られてN市へ向かう。電車に乗っていると修学旅行を思い出し、修学旅行を思い出すと嫌でも美千代と昌子を思い出す。修学旅行では九州に行った。夜にホテルから抜け出し、水着に着替えて海で泳いだ。もう冬だったのに、ガタガタ震えながら海に浮かんで見上げた夜空の美しさは今でも忘れられない。

ほどなくしてN市に到着する。魔法の端末に送信された地図を確認し、陽真理は高波山《たかなみやま》へと向かった。


「ようこそようこそ、よく来てくれたぽん」

高波山の山頂近く、建設途中で打ち捨てられたと思しきリゾートホテル、現廃墟のロビーにぽつんと魔法の端末が置いてあり、そこから立体映像が浮かび上がっていた。右が黒、左が白に分かれた球体に蝶のような羽が生えている。陽真理は首を捻った。

「どこかでお会いしたことありましたよね？」

「いや？　初めて会ったと思うぽん」

会ったことはない、という。なのに、どこかで見たような気がしてならなかった。

「ファヴは量産型だから。同じタイプのマスコットキャラクターと会ったことがあるんじゃないぽん?」

「ああ……そうかもしれません」

マスコットキャラクター「ファヴ」は、新しい魔法の端末は可愛らしさも機能も以前の比ではないと得意げに話した。無表情ながらとても楽しそうで、まるで我が事のようだ。

「それじゃ各魔法少女の拠点教えるから。配布よろしくお願いするぽん」

「えっ?」

「マスターがいればマスターにやってもらうけど生憎《あいにく》留守ぽん。ファヴは物を持つとかできないし、親切な魔法少女ならやってくれるぽん? どうせ交通費は『魔法の国』から支給されるぽん?」

「はあ」

「それと魔法少女達には試験について教えちゃダメぽん。試験があるってことを知らないと抜き打ち試験にはならないぽん。やっぱり試験やるなら抜き打ちでないと」

「はあ……」

仕事が、増えた。

一人目。ラブホテルの屋上にロボットそのものの魔法少女がいた。マスコットキャラクターかとも思ったが、

「話は聞いてマス。魔法少女のマジカロイド44デス。ヨロシク」

魔法少女だったらしい。名乗られてしまったため、陽真理も名乗る必要がある。

「どうも、@娘々です」

「アットマーク？　変わったお名前デスネ」

身内の悪ノリで決めてしまった名前は、いざ名乗る時に恥ずかしい。変わった名前といわれるのは毎度のことで、もっと真面目に決めろと怒られたことも二度や三度ではなかった。その度あははと笑って誤魔化すしかなく、家に帰ってから友人二人のことを思い出して打ち沈む。

「マジカロイドさんは格好いいお名前ですね」

「友達がつけた名前なんデスけどね」

友達なら陽真理にもいた。お互い自由に遠慮なくなんでも話すことができた。今は、もういない。

「娘々さんは他の場所にも配りに行くんデスよね？」

「ええ」

「だったら全員分回る必要はないデスよ。魔法少女同士でつるんでる人達多いデスから、そういうのはまとめて行けばいいデス。メモをあげマスから参考にドウゾ」

「あ、ありがとうございます」

「近所がホームの人達はこっちで配ってあげマスよ。トップスピードは空飛んですぐのところですからワタシが持ってってあげマスネ。あとカラミティ・メアリの所は色々危ないデスからこっちも持っていってあげマス。ねむりんも特殊なんでそっちの方も任せてくればいいデス」

マスコットキャラクターの人使いは荒かったが、魔法少女は親切だった。ありがとうございます、と再び頭を下げ、顔を上げると目の前にはプラスチックのような質感の腕が突き出されていた。

「お仕事代は全部でたったの千円デス。お安いデショ？」

千円払って次に来た先は廃寺。そこに四人の魔法少女がいた。

「ふうん、これが新しい魔法の端末」

四人といっても実質話しているのは一人だけだ。残りの三人は外でなにかをしているらしい。目の前の魔法少女、お姫様のような格好の「ルーラ」は、唇の端を歪めた。

「なんで画面がハート型のままなの？　もっと機能的なデザインにしてくれってファヴに伝えてあったはずだけど？」

「いや、でも、スペックは上昇してるそうです。新機能もついてるとか」

なぜ配達役でしかない自分が弁護しなければならないのだろうか、と疑問に思っても、ルーラの意地悪そうな笑みを見ると言い訳しなければ、焦ってしまう。

「そんなのは当然でしょう？　問題はそこではなしに」

ばんっと戸が開き、双子の天使がひょこりひょこりと顔を出した。

「大変！　たまが自分で作った穴の中に落っこちた！」「底が見えないし声も聞こえないんだけど！」

ルーラが「あんの馬鹿！」と怒鳴って駆けていき、一人残された陽真理は、これ以上クレームをつけられても困ると裏門からこっそり抜け出した。


次は鉄塔の上。

「お疲れ様」

「遠い所からわざわざありがとうございました」

騎士と学生服の二人組に労われた。今までの魔法少女に比べると随分と感じが良さそうだ。大きな剣を担いだ騎士風の魔法少女が、一本の缶ジュースを差し出した。

「そこの自販機で買ってきたものだが、よければどうぞ」

「ありがとうございます。いただきます」

この街に着てから初めて親切にされた気がした。ほっと一息吐いて温かい紅茶をすする。

学生服の魔法少女は新しい魔法の端末を取り出してはしゃいでいる。

「うわ、かわいいっ！　新しい魔法の端末、ホワイトカラーだよ！」

「スノーホワイトに似合いそうだな」

「機能がたくさん追加されてるみたいだけど……よくわかんないね」

「慣れればそうでもなくなるんじゃないか？」

「慣れるまでが大変なんじゃない」

「明日がチャットだからそこで誰かに訊いてみればいいさ」

なんとなく微笑ましい。陽真理は「ご馳走様」とジュースを置いた。


次は廃業したスーパー。

「遠い所からわざわざありがとうございました」

修道女をモチーフとした魔法少女「シスターナナ」は深々と頭を下げた。

「こんなに素敵な魔法の端末をいただきまして」

「いえいえ、それほどのことでは」

「ちょっと。ナナ」

コートにマフラーという魔法少女「ヴェス・ウィンタープリズン」は、魔法の端末の画面を目にして顔をしかめた。彼女は新しい魔法の端末にデータの転送をしていたはずだが、なにかおかしなことでも起きたのだろうか。

「これはなに？」

「どうかしました？」

シスターナナは差し出された魔法の端末の画面を見て顔をほころばせた。ウィンタープリズンとは対照的に嬉しそうだ。どちらに合わせても角が立ちそうで、陽真理は曖昧に微笑んだ。

「ああ、この寝顔は先週撮影したものです」

「いやそうではなくて」

そういうウィンタープリズンの声は硬い。

「服装のことですか？　一度でいいから貴女がスカートを穿《は》いているところが見たいという欲望を抑え切れなかったんですよ。ぐっすり寝ていたようですから、こっそりと」

ウィンタープリズンは、額を人差し指で押さえ、呻くように、

「スカートというか……これはなんのコスプレだ……」

「前々からですね、貴女には絶対似合うと思ってたんですよ。『キューティーヒーラーエクセレント』の『アナザーデュセイア』に」

陽真理は心の中で「ご馳走様」と呟き、一人荷物を片付け始めた。

最後にもう一度高波山の廃ホテルにまで戻ってきた。

「ありがとう、ありがとう。おかげで新しい魔法の端末も行き渡ったみたいぽん」

「いえ、大したことでは」

ファヴはくるりと一回転し、金色の粉をパッと散らした。

「新しい魔法の端末によって、より一層魔法少女同士の絆が深まるはずぽん」

ファヴは相変わらず楽しそうだ。陽真理は帰り際、ふと振り返ってファヴを見た、ホテル内の埃まで映し出した立体映像は、なぜか見ていてぞっとした。

「試験で選ばれるのは一人だけなんですよね？」

「そうだけど、どうかしたぽん？」

「絆を深めても、仲良くなっても、結局一人を除いて記憶を失うんですよね？」

「だからこそ意味があるぽん」

内側からなにかが湧き上がろうとしている。

魔法少女達は、皆、仲が良さそうだった。ルーラ達四人。スノーホワイトとラ・ピュセル。シスターナナとヴェス・ウィンタープリズン。あの子達が、争う。

陽真理達と同じだ。一つしかない魔法少女の席を争って友達同士が敵に……敵？　せいぜいライバルではないのか？　そもそも試験前に協力を誓い合ったはずで――

陽真理の中からなにかが溢れ出んとし、しかし、それは出る場所を求めて内側でのたうっているのに、出る場所がどこにもない。ファヴをじっと見、見返された。

陽真理はそのままN市を後にし帰路についた。帰りの電車では駅弁を買うでもなく、封筒に千円札一枚を残したままでずっと風景を見ていた。建物と街灯の光がぽつぽつと流れていくだけで、昼に比べて面白みはないが、それでも外に目を向けていた。

目は風景を追っていても、今日見た魔法少女達が頭の中から離れてくれない。皆、仲がよかった。楽しそうだった。あの頃の自分達を見ているようだった。陽真理はもうあの頃に戻ることはできない。友達はいなくなった。同じように付き合える人とは、きっともう二度と出会うことがないと思う。

後日、引退の届けを出し、陽真理は魔法少女であることを辞めた。

◇◇◇

引退してからどれくらい経ったのか。陽真理は「魔法少女育成計画」によって、自分が「@娘々」だったことを思い出した。

肌の質感、肌理細《きめこま》やかさ、筋肉と骨の柔軟さ、チャイナドレスを基調としたコスチューム、座る時は尻尾を寝かせてからにしないといけないことまで失われた記憶の向こう側から甦ってきた。まだなにか忘れているような気もしたが、とりあえず今は置いておく。

記憶を失っていた理由は知っている。引退していたからだ。魔法少女を辞めたいと「魔法の国」に申し出、意外に呆気なく受理された。魔法に関するあらゆる記憶を消され、「@娘々」ではない、ただの棚橋陽真理として生きてきた。

志望校にも合格した。友達もいる。親と不仲というわけでもない。それなりに順調に人生が進んでいるのではないだろうかと思う。

それでもどこか物足りなさを感じる時があった。ふとした時に寂しさを覚え、胸の内にぽっかりと空洞が空《あ》いているようで、その正体が掴めない。

「こういうことだった、と」

魔法少女としての自分を失い、胸の内の欠落を感じていた。

引退した自分が「魔法少女専用」のゲームに参加させられていることに疑問を覚えたが、そういえば「魔法の国」はそんな無茶を押し通すようなところがあった。

どうやらここはゲームの中らしい。

現実としか思えないが、「マジカルトレースシステムにより可能となった現実と変わらない操作感覚」と「リアルの極致に達した超美麗なグラフィック」の二つが、まるで現実のように見せているのだろう。よくわからないが、なんとなくで理解できた。

物理法則を捻《ね》じ曲げ、超え、破壊し、嘲笑い、蹂躙《じゅうりん》する。それが魔法だ。

理解できないのは、魔法少女を引退したはずの棚橋陽真理……@娘々が「魔法少女専用ソーシャルゲーム」とやらに参加させられている現状だ。

空を見上げた。

修学旅行で見た南国の空は、幾層も重なった濃く厚い空だった。からっと晴れた青空も、星をぶちまけたような夜空も、曇り空でさえ、その点では共通している。

この空はのっぺりと平坦《へいたん》な一枚板のようだった。深みがない。太陽の匂いも薄い。それに加えて先ほど遭遇した動く骸骨《がいこつ》の群れ。あれはとてもゲーム的だった。魔法の端末に表示されるメッセージも一つ一つがゲーム臭い。報酬金額もまた非現実的だったが、あれは本当にもらえるのだろうか。だとしたら惹かれなくもなかった。日常生活は常に金銭を要求してくる。

@娘々はとりあえず端末のメッセージに従おうと街へ向かった。状況は不可解だが他にとるべき指針もない。魔法少女の耐久力に物をいわせ、だだっ広い荒野をしばらく走り回り、おおよそ街であろう建物の集まりを見つけてそちらへ足を向けた。

実際は、建物の集まりというより廃屋の寄せ集めが近かった。荒野に点在する廃ビルより多少マシな程度で、人通りもなく路面が舗装されているわけでもない。モンスターが物陰から飛び出してこないかと慎重に街の中を進むと、広場のような場所に出た。中央に枯れた噴水が配され、その縁に腰掛けた人影がいる。

「おおー！　あなたも魔法少女？」

特撮番組の戦闘部隊みたいな格好の少女がいた。見た目はとても可愛らしく、「あなたも」といっていて、「魔法少女専用のソーシャルゲーム」内にいる、つまりは魔法少女なのだろう。外見的にはそうも見えなかったが。

「やーやーここに来てから初めてお仲間に会いましたよ」

握手を求められ、曖昧に笑って握り返した。友好的ではあるようだ。

名乗ろうとしてふと思い出した。そうだった。仲間内のノリで決めた名前は名乗るのが恥ずかしい。娘々はいい。問題は@だ。どうやって名乗ったものかと逡巡《しゅんじゅん》している間に、戦闘部隊風の魔法少女は右手親指で自分を指差し元気に名乗った。

「私の名前は夢ノ島《ゆめのしま》ジェノサイ子！」

——夢ノ島？　ジェノサイ子？

聞き間違いではない。確かに夢ノ島ジェノサイ子といった。夢ノ島が苗字で、ジェノサイ子が名前、という構成のようだ。こういってはなんだが、かなりいかれた名前に思える。無理やりつけられたとか、そういう感じでもない。名乗った時も、からっとしていて爽やかだった。恥ずかしさとかはにかみとかそういうものとは無縁で、実にあっけらかんとしている。

どういう理由でそんな名前になったのだろう。@娘々と同じような経緯だろうか。それとも全然違うのか。色々なことを訊いてみたい。

ジェノサイ子はにこにこと@娘々を見ている。その笑顔に、かつての友人二人が被った。

この魔法少女となら、美千代や昌子と同じ友人関係を築けるというのだろうか。名前のセンスだけで簡単に決めつけていいものだろうか。そんなことをぐるぐると考え続ける。考え、考え、考え続けて……。

「後は任せる」

地面に倒れ伏した美千代がぼそりと呟いた。顔を上げる力も残っていない。

「あいつらぶん殴る役目は……あたしよか陽真理向きだから……」

美千代の出血量は限界を超えている。もう絶対に助からない。陽真理は吠えた。なんで美千代がこんな目に合わなければならなかったのか。昌子が死ななければならない理由なんてなにもなかったはずなのに。

「さあ」

誰かが陽真理を手招きしている。影のような黒いシルエットだけで姿は見えない。

「お友達の仇を討ちたいなら今がチャンスですよ」

視界内の景色が急に変わった。転んでしまいそうになり、右足を引いてなんとか耐えた。なにが起きていた？　なにか、ここではないどこかの光景を見ていた？

曖昧だ。ゲームに入り、魔法少女の記憶が戻り……やはり曖昧だ。

目の前にはにこにこと笑う魔法少女がいる。確か名前は夢ノ島ジェノサイ子。

こちらの名乗りを求めている、と気づくためにはそれから数秒を要した。

なにかを思い出していた。たぶんそれは美千代と昌子のことだと思う。なぜそう思うかというと、ジェノサイ子の笑顔が美千代や昌子の遠慮ない笑い方にそっくりだからだ。

@娘々は笑った。ジェノサイ子につられて笑ったのかもしれない。負けないよう笑ったのかもしれない。泣き出してしまいそうで、それを誤魔化すために笑ったのかもしれない。

自分でもよくわからないが、とにかく笑って自らを指差した。

「私の名前は、@娘々……アルよ！」

トップスピードと遊ぼう

『魔法少女育成計画』のマジカルキャンディー競争が
始まるちょっとだけ前のお話です。

坂凪綾名《さかなぎあやな》七歳。小学校一年生。今の彼女はお姫様に仕えている。

お姫様はとても偉いので、誰も彼女に逆らうことは許されない。お姫様が「毎日毎日お前らのつまらない顔ばかり見ているのに飽きたから、綺麗な物で目を喜ばせるため紅葉《もみじ》狩りに行こう」といえば、反対することができる者は一人としていない。当日の日程を纏《まと》めてしおりにしたり、大量の駄菓子を買い込んできて「どれ持っていこうか」などとはしゃいでいたりしていたら尚更《なおさら》だ。

天使二人は紅葉狩りなんて婆《ばば》臭いなどとぶつくさいっていたが、綾名にとっては初めてのことで、要するに遠足のようなものだろう。とても楽しみだった。夜空を見上げながら「明日も晴れますように」と願っていると、魔法の端末が着信音を鳴らした。

誰だろう、と表示を見るとたまからだった。

「なに?」

「なにって……どうしたのスイムちゃん?」

「どうしたって?」

「どこにいるの?　もうみんな集まってるよ」

なにをいっているのかよくわからない。

「今日は紅葉狩りに行くってルーラちゃんもいってたでしょ」

「……明日でしょ?」

「え？　今日でしょ？　集合場所は明将山《めいしょうさん》の麓《ふもと》にあるお土産屋さんって」

通話をオフにした。ひょっとして大変な間違いをしでかしてしまったのではないだろうか。

◇◇◇

「若い時は遊んでいた」という言葉が好きではなかった。

若い時も遊ぶ。今も遊ぶ。年齢を重ね、四十を過ぎようと六十を過ぎようと八十を過ぎようと遊ぶ。若い時だけでは終わらせない。

室田《むろた》つばめにとって「遊ぶ」とは心に余裕を持つということであり、食うために働く、生きるために生きる、だけではない「生き方」だ。

市役所の広報課に勤める夫、昇一《しょういち》もまたこの言葉を嫌っていたが、つばめとは理由が違う。

「要するに言い訳か自慢だよ。『若い時に遊んでいたせいで今の自分はこんなもんだ。遊んでいなければもっと楽に暮らしていたはずだ』という言い訳。それでないなら『若い時に遊んでいたけど今の自分はこんなに立派だ。すごいだろう』という自慢。人生で一番学べる時間帯を無為に過ごした結果どうなったのかという、話のとっかかりでしかない。一生を無駄に過ごすなんて意気込んでいる変わり者は君だけだ」

あんたは職場でもこんなに理屈っぽいことを嫌味《いやみ》たらしく話しているのかと質問すると、ふふんと鼻を鳴らして
「事実だからね」

と返された。小学校の頃、隣家《りんか》に引っ越してきてからこっち、嫌というほど思い知らされてきたのに、なんでこいつと結婚したのかとも思うが、堅物《かたぶつ》の夫が自分を妻にしたのも不思議なものだとも思う。子供の時は、お互いに嫌なやつだと思っていたはずだ。つばめにとっては「なにかと口うるさい友人の兄」で、向こうから見れば「妹を悪の道に引きずりこむ悪ガキ」だったろう。「学校の帰りに買い食いするな」とか「七コ上なくらいで偉そうな口叩くな眼鏡」とか、直接に角を突き合わせたことも何度かあった。

なのに、今は違う。自慢げに鼻をひくつかせる夫を見ると、あまりにも可愛らしくて抱き締めてしまいたくなる。

「惚《ほ》れた弱みか……」

「ん？　なに？」

「いや、なんでもない。ところで今日も帰り遅いん？」

「ああ、飲みたくもないが断れないからね」

新聞や雑誌の記者と酒を飲むのも仕事の内、と昇一は話す。初めて聞いた時「役所とマ

スコミの癒着《ゆちゃく》か!」と叫んだら「なんでやねん」と冷静かつおざなりにつっこまれた。

「いわなくてもわかるだろうけど今は大事な時期だから——」

「なんかのキャンペーンでもしてたっけ？　それとも全国ゆるキャラコンテストとかそういうのあったっけ？　うちとこのマスコットってあれだろ。長くて尖《とが》ってて妙に卑猥《ひわい》な形してる」

「そっちじゃない。君の身体のことだ」

昇一はつばめの腹部に目を向け、見慣れた者にしかわからない、ほんのささやかな笑みを口元に浮かべた。つばめはなんとなく照れ臭くなり、咳払いをした。

「んなもん、いわれなくたってわかってるよ。大人しくしてりゃいいんだろ」

「そう、大人しくしていればいいんだよ」

「ああ、うん。わかってるって」

まだなにかをいおうとしている夫にいってらっしゃいのキスをして、無理やり扉の外へ送り出した。

いちいち心配し過ぎている。役所から直に飲みにいかず、わざわざ一度官舎に戻ってきて様子を確認することからも心配の程が知れる。新婚であることを上司からからかわれるといっていたが、あれではからかわれるのも道理だろう。

夫だけではない。皆がこんな調子だ。実家の母も、隣近所も、つばめとお腹の子を気遣《きづか》ってくれる。バイト先の総菜屋の老店長は「こんなクソ忙しい時にせこせこガキこさえやがって」と毒づいていたにもかかわらず、「いいか、席は空《あ》けとくから今は無理すんなよ。絶対にすんなよ。いつ休んでもいいからな」と、臨月《りんげつ》近くなったら産休をとることを約束させられてしまった。ただのバイトでしかないのに待遇が良すぎる。

皆が皆、つばめのことを気遣ってくれるが、つわりはほとんどないし、お腹もほとんど目立たない。まだ動けるのに、じっとしていろ動くなと重病人のように扱われる。初産ということで確かに心配や不安もなくはない。痛い、苦しいという話を聞く度「嫌だな」「怖いな」と思う。が、こうも押さえこまれると反発してしまいたくなる。

そんなつばめにとって、今最高の「遊び」は「魔法少女育成計画」だった。今まで楽しんできたどの「遊び」よりも刺激的だ。パトカーと追いかけっこするよりスマートフォンのキーをぴこぴこ叩いて遊ぶ方が楽しいというのではない。そのソーシャルゲームによって起こった神秘的な出来事が、つばめを魅了している。

夫を送り出し、掃除洗濯皿洗い、総菜屋で習い覚えたレパートリーを駆使し、夫の弁当や自分の昼ごはんをこしらえておく。朝はパンとミルクに千切りキャベツとトマトに目玉焼きでもあればいいだろう。これで明日の昼までは自由に過ごせるようになった。

普段使っているスマートフォンではなく、ハート型の画面が特徴的な魔法の端末を取り出す。ここからは主婦、室田つばめではなく魔法少女「トップスピード」の時間だ。鼻歌混じりでボタンを押しながら変身する。つばの広いとんがり帽子、空飛ぶ箒、魔女のワンピースに黒革のブーツ。豊かで艶《あで》やかな金色の髪を三つ編にまとめ、肌はつやつやかで顔立ちは整っていて、なにより若い。

「プレイしていると本物の魔法少女になることがある」と噂のソーシャルゲーム「魔法少女育成計画」によって、つばめが魔法少女になったのは今から八ヶ月ほど前のことだった。魔法少女になってまず最初に心配したことは「十九の人妻が魔法少女はアウトだろう」ということだ。

N市北宿を拠点とする「燕無礼棲《エンプレス》」のリーダーとして、走ったり騒いだりした高校生時代だった。中学の頃も、いや小学校の頃からつるんでいた仲間は同じようなタイプだ。所謂《いわゆる》不良少女で、アニメや漫画とは縁遠い生活を送っていた。「魔法少女育成計画」に手を出した主な理由は、「無料《ただ》だから」だ。そんなつばめにも「魔法少女というのは小学生か中学生、ギリギリいけても高校生まで」という知識はあった。

噂通り、魔法少女に変身してしまったつばめは、まずマスコットキャラを名乗る立体映像に向かって手を合わせた。

「申し訳ないけどさ。もうちょい若い子誘ってやってくんない？」

「それについては問題ないぽん。まあ鏡を見てくれればわかるぽん」

手鏡で自分の顔を確認し、その後、洗面所の姿見で全身を眺め、つばめは右手親指を立てて立体映像のマスコットキャラクターに向け「グッジョブ！」と叫んだ。

その後懐妊《かいにん》し、「妊娠している」という状態は変身後に受け継がれず、しかし変身を解除すれば赤ちゃんは無事なままであることを知った。つまり変身さえしてしまえば、飛んだり跳ねたりしても影響はない、ということをファヴに確認し、これで「魔法少女」という遊びに精を出せると小さくガッツポーズした。


こうして魔法少女「トップスピード」が誕生した。箒《ほうき》に跨《また が》り、縦横無尽《じゅうおうむじん》に北宿《きたやど》の空を駆ける。空飛ぶ箒は、バイクより自在に動き、自動車よりも速かった。

「んじゃまずはリップルに連絡して……」

メールボックスを開こうとしたところで着信音が鳴る。

リップルの方から連絡が入ったことは今まであっただろうか、と考える。出会ってから全て思い起こしてみたが、一度もない。画面には見知らぬナンバーが表示されていた。

「魔法少女相手にイタズラってこともないだろ……もしもし？」

一拍《いっぱく》置き、

「助けてほしい」

という声が聞こえた。若い女だ。

「あん？　なんだって？」

「助けてほしい。私を明将山まで連れて行ってほしい」

「あんた、誰？」

「スイムスイム」

スイムスイム。聞いたことのある名前だ。確かルーラの手下にそんな名前の魔法少女がいた。

ルーラの手下なら、ボスであるルーラに助けを請《こ》うのが筋だろうと思うが、わざわざ面識のないトップスピードに連絡を入れたということは、ルーラではできないことか、それともルーラに知られてはまずいことか。

ここで深く考えたりしない。それがつばめの、トップスピードの生き方だ。

人助けをするというのがこの「遊び」のルール。ならばそれを実行するまで。魔法少女を助けるなんてことは今までにやったことがない。もらえるキャンディーの量はどれほどだろう。きっと少なくはないはずだ。

「よっしゃ、んじゃまずはそっち行くわ。どこいんの？」

「西門前町《にしもんぜんちょう》の……一階にコンビニがあるマンションの屋上」

「あー……あそこかな。スクランブル交差点を駅側に折れてちょっと行ったとこにある」

「そう、そこ」

「じゃあかっとんで行くわ。ちょい待ってろ」

窓を開け、箒に乗って飛び出し、五十メートル程空を飛び、「五階とはいえ窓を開け放して出かけるのはまずいんじゃないだろうか」と思い直し、慌てて戻って窓を閉め、「でも鍵をかけないのもまずいんじゃないだろうか。ベランダ伝いに進入する空き巣なんてのもいるらしいし」と、もう一度思い直し、家に戻り、窓の鍵をかけ、入り口から出て鍵をかけ、踊り場の窓から飛び立った。

向こう見ずなだけだった現役時代とは違い、一家を率《ひき》いる主婦ともなると、気を配らねばならないことが多くて困る。

ビルの上の待ち人は白いスクール水着に身を包んでいた。肌が綺麗とか髪さらさらとか顔立ちが整ってとか、そういうことは魔法少女のお約束であるため、会う前から承知している。驚いたのはそのセンスだ。

外見年齢はおよそ高校二年生くらいか。発育はとても良い。胸や尻の量感、迫力、むちむちとした質感、いずれもトップスピードを上回る。その肉体に真っ白なスクール水着を合わせようというセンスに、トップスピードは内心唸《うな》らされた。アンバランスな物同士を掛け合わせることで別種の情感を生み出そうとしているのではないか。「粋《いき》」とか「傾奇《かぶき》」とか「伊達《だて》」とかそういった服装、服飾に通じるものがある。

かくいうトップスピードもファッションには拘りがあった。

現役時代に背負っていた「御意見無用」の特攻服《とっぷく》を魔法少女仕様にして羽織《はお》り、交通安全と安産祈願《きがん》を兼ねたお守りを首に提《さ》げ、魔法の箒は族車仕様でシブく改造し、ばっちりキメている。どこにでもいるような「箒に乗った魔女」と一緒にすんじゃねーぞダボが、ということを反抗的なファッションセンスによって叫ぶことなく主張していた。「魔法少女育成計画」のアバター作りは、このように改変の幅が大変に広い。

自分と似たファッションセンスを持つ魔法少女と出会ったのは初めてかもしれない、と若干《じゃっかん》気持ちを高ぶらせながら高度を下げ、箒から降りた。

「うぃっす！　はじめまして！　俺、トップスピード。よろしくな」

「スイムスイム」

「おお、シブい名前じゃん。いやさっき聞いたけどさ。んで今日はナンか用があるっつーことで呼び出してくれたんだろ？　山に連れてってほしいとか？」

スイムスイムはこくりと頷《うなず》き、ぽつりぽつりと事情を話し始めた。

ルーラ主催の紅葉狩りのこと。勘違いか、それとも連絡のミスか、スイムスイムが日時を間違えてしまったこと。紅葉狩りはとても楽しみにしていたから参加したいこと。だけど今から山に行っても間に合わないかもしれず、合流できるかどうかもわからないこと。お姫様であるルーラの命令に逆らってはいけないこと。

「なるほどねぇ。それで俺を頼りに話を持ってきたってわけだ」

「ルーラがいってた。利用できるものならなんでも利用しろ」

「はっはっは。利用しようとしている相手に面と向かってそれをいうかよ。お友達になれそうじゃねえか、おい」

「ルーラがいってた。手下とリーダーの関係はあっても友達なんていい加減な関係はない」

「うはははははは！」

ファッションセンスも気に入ったし、真っ正直さも気に入った。ついでにいうなら全くブレる気配のないキャラも気に入った。

元来「遊び」を求める性格で、「遊び相手」も同時に必要とした。助けを求められたらそれに応じる。気に入っている相手なら尚のこと。それがトップスピードの渡世《とせい》だ。

「オッケー。その依頼受けてやる。明将山でいいんだな？」

「うん」

トップスピードは魔法の端末を取り出し、リップルに連絡を入れた。

「燕無礼棲」はたった五名のチームともいえないような小さなチームだったが、引退するまでN市最速の看板を下ろすことはなかった。誰よりも速く走るには、テクニックやマシンの他にもコース取りが必要になる。無線の傍受《ぼうじゅ》、他チームとの情報交換、走りに適した道の選択、そういったマネージメントがあってこその最速だった。

現役を引退した今もやり方は変わらない。最速のルートを選定することから始める。西門前町から明将山まで行こうとすると、間にあるのは城南地区《じょうなん》。カラミティ・メアリの縄張りだ。うっかり足を踏み入れて禍根《かこん》を作っても誰一人得をしない。

ここで迂回《うかい》を選ぶのは素人《しろうと》だ。まず、トップスピードがリップルを呼び寄せる。リップルは先日カラミティ・メアリと殺し合い寸前の喧嘩別れをした。そのお詫《わ》びに、土産を持たせてカラミティ・メアリに謝りに行かせる。その隙にトップスピードとスイムスイムが城南地区を抜けて明将山へと突っ切る。

登場人物全員が得をするという素晴らしいプランだ。

「もしもしリップル？」

「……なに？」

「あのさ、ちょっとカラミティ・メアリに謝りにいってもらいたいんだけど」

舌打ちと同時に電話が切れた。慌ててかけ直すが繋がらない。メールを送ると三十秒後に返信が来た。返信メールの文面には「……チッ」と表示されていた。

ちらと横に目をやると、スイムスイムがじぃっとトップスピードを見ていて言葉に詰まる。どうしたものかとしばし考えた後、トップスピードは再び魔法の端末を手に取り、電話をかけた。

「あ、マジカロイド？　うん、そう、俺。あのさ、お願いあるんだけどカラミティ・メアりに電話かけてもらえない？　うん、ちょっとだけ隙《すき》が欲しくて……わかってる、後で払うから。五千？　いやせめて三千で……ああうん、じゃあ四千で。悪い。ありがとう。恩に着る」

トップスピードは魔法の端末をオフにして懐《ふところ》に仕舞いこみ、さっと箒に跨って後ろを指差した。

「計画は完璧だ！　さあ明将山まで飛ばすぜ！　落とされんなよ！」

ふわっと浮き上がる。内臓まで浮き上がるようで慣れない間は戸惑《とまど》った。前傾姿勢で風防から前を見て一気に加速する。瞬《まばた》き一つするだけで全く別の風景がある。学生時代は忌々《いまいま》しいくらい大きく見えていた学校が、あんなに小さい。耳の側で風を切る音。空気の抵抗さえ感じない。何度経験しても気持ちがいい。

「どうだ、すげえだろ！」

「まあまあ」

トップスピードの操る魔法の箒「ラピッドスワロー」は音より速く空を飛ぶ。最高速度のラピッドスワローから落ちたら魔法少女でも大怪我を負うだろう。

後部座席のスイムスイムはしっかりとトップスピードの腰に取り付いているようで、落ちる心配はなさそうだった。背中に圧倒的な肉感がある。

「もうちょいでっかい系のアバターにしとくべきだったかなあ……」

「……なにが？」

「いや、独《ひと》り言《ごと》。気にすんな」

余計なことではなく、必要なことを考えなければならない。

明将山は広い。魔法少女の視力をもってしても、山に到着してからルーラ達を探していては間に合わないかもしれない。ルーラが選びそうなコースを予想する。彼女の性格からすると、とりあえず一番高い場所を目指しそうではある。

「馬鹿と煙と偉いやつは、っていうしな」

「ルーラはどれ？」

「そりゃもちろん……馬鹿に偉いやつさ」

それにトップスピードの箒に乗ってきたことを咎《とが》められないとも限らない。むしろ咎められそうだ。「マイカーに乗って遅刻とはいいご身分じゃないか」と嫌味をぶつけてくるルーラが容易に想像できる。

ルーラは下手《したて》にさえ出ていれば扱いやすい相手ではある。土産があればそれにこしたことはない。家を出てくる時に持ってきた弁当。本来は夫のために作った物。あれをこっそりと携《たずさ》えてきた。今は風防の中に隠してある。

味には自信がある。無愛想なリップルでさえ、僅《わず》かに頬を緩《ゆる》める程度に出来はいい。紅葉狩りという行楽にもぴったりと合うはずだ。ルーラの機嫌もきっとよくなる。

「明日は弁当我慢してもらうことになるけどな」

低く呟いた言葉に、話しかけられたと思ったのか、スイムスイムが返事をした。

「給食があるから」

「給食？」

「毎日出てるから。お弁当は別にいい」

給食が出る環境ということは、学校に勤めているか、学校に通っているか、どちらかだろう。なんとなくだが、後ろの魔法少女は職員という感じではない。

「中間テストのヤマは張ったかい？」

「中間テストってなに？」

小学生だ。

妙に受け答えがぼんやりしたやつだと思ったが、なるほどと納得した。小学生がソーシャルゲームで遊ぶ世の中を多少苦々しく思いながらも、無料ならまあいいかというのもあり、そもそも小学生である彼女の方が、十九歳人妻現在妊娠中の自分よりよほど魔法少女として相応《ふさわ》しい気もする。

トップスピードはぎゅっと箒を握り直して後ろに話しかけた。

「さっき友達なんていらないとかいってただろ」

「ルーラがそういってた」

「友達ってのは必要なもんだよ」

楽しい「遊び」には遊び仲間が必要だ。かつての自分にはチームのメンバーが、今の自分にはリップルと……夫？　夫は少し違うかもしれない。

「ルーラが友達はいらないっていった」

「んなこたねえ。ルーラにだって友達はいる」

「……誰？」

「トップスピードって可愛い魔法少女さ」

にやっと笑ってやったが、後ろのスイムスイムには見えないだろうとすぐに気づいた。

「ま、いいや。そのましっかり掴まってろよ。もう山だ。すぐ見つけるからさ」

「ルーラの友達って」

「すぐ証明してやるよ。舌噛むから黙ってな」

「じゃあこのお守りはなに？」

「質問の多いガキだな。安産祈願と交通安全……赤ちゃんが無事に生まれますようにってのと、事故ったりしませんようにって神様にお願いしてんだよ」

「赤ちゃんが生まれるの？」

「おうよ」

気恥ずかしくてリップルにも秘密にしていたのに、あっさりと口にしてしまった。子供相手ということで口が軽くなっているのだろうか。

夏までは一面が深い緑色だった明将山は、赤と黄色、それに茶色、かろうじて残った緑色でまだらに染まっていた。暗闇の中でも魔法少女なら紅葉狩りができる。

ルーラの考えるルートを予想し、山頂付近に目を配る。まともな登山ルートではない、魔法少女でしか登れないような険《けわ》しく、そして高い場所だ。トップスピードは紅葉の上を周回しながら目を凝《こ》らし、ふわふわと飛ぶ人影を発見した。

「ビンゴ！」

光の輪に天使の羽。あれはピーキーエンジェルズだ。ミナエルかユナエルかまではわからないし、わからなくても問題はない。

「いったろ？　すぐに見つけてやるってさ。これが大人の力ってやつだ」

後部座席に一声かけると、一呼吸しない間に目標に到達した。目を見張ってこちらを見るミナエルとユナエル、それにこちらを見上げ、指差す偉そうなのはルーラ。驚きの声をあげる犬耳はたまだ。レジャーシートを広げていたらしい。

「スイムちゃんどうしたの！」

「欠勤じゃなかったの？」「欠勤っていうかサボタージュ？」

ルーラは立ち上がり、杖《つえ》の尻でどんと地面を突いた。

「遅い！　遅刻するな大馬鹿！　しかもなんでそいつが一緒に来てる！」

「そいつなんて冷たいこというなよ」

トップスピードはスイムスイムを地面に下ろし、自分も箒から降りた。にっこりと笑ってルーラの肩に手をかける。

「俺とルーラの仲だろ」

「おいこら。気安く触るな」

「友達じゃん」

「誰と誰が！」

「俺とルーラが。あ、そうそう。弁当持ってきたから皆で食べて」

弁当箱を出すと、たまとピーキーエンジェルズがわっと寄ってきた。ルーラが赤い顔をして杖を振り回しているのを適当にあしらい、トップスピードはスイムスイムに振り返ってウインクをしてみせた。反応はなかったが、たぶん伝わっているはずだ。

「じゃ紅葉狩りと洒落《しゃれ》込もうぜ。友達同士だ、遠慮なんていらねえからな！」

アカネと愉快な魔法少女家族

『魔法少女育成計画restart』のゲームが始まる
だいぶ前のお話です。

その日の家族会議は紛糾《ふんきゅう》した。

紛糾とはいえ、熱論が交わされたわけではない。夕飯時にはコンロ台と熱々の鍋が据《す》えてあったテーブルは、すでに熱を失い冷え切っていた。ある者はつまらなそうに頬杖《ほおづえ》をつき、ある者は苦々《にがにが》しげに腕を組み、解決策の見出《みいだ》せない問題をつき合っている。

お互いに妥協する気がないから問題は解決できない。わかってはいても、やはり妥協することはできない。

不破《ふわ》家長女、葵《あおい》。三十一歳。隣市の法律事務所で事務員として働いている。気配りと事務処理能力に優れ、不破葵なくしてあの事務所は成り立たないとまで噂されている。

不破家次女、浅葱《あさぎ》。二十五歳。家事手伝い。なにをやっても人並以上にこなし、戯れで高難易度の免許、資格をとるのが趣味。現在の愛読書は六法全書。

不破家三女、茜《あかね》。十七歳。市内の高校に通う。全国大会にも出場した強豪剣道部の部長を務める。校内怒らせたくない人ランキング、二年連続一位。

不破家四女、藍《あい》。十三歳。市内の中学校に通う。愛らしい顔立ち、可愛らしい仕草、微笑ましい言動に定評のあるご近所のマスコット。

不破家の家長である母、彩子《あやこ》。五十二歳。亡き夫から受け継いだ建設会社を切り盛りする。その辣腕《らつわん》ぶりは方々で恐れられ、入札に彩子が参加すると空気が違うといわれる。

茜は一人前を向き、テーブルの上をぐっと睨みつけていた。葵、浅葱、藍、彩子は好き勝手な方を向き、目を合わせようとはしない。誰も譲《ゆず》ろうとはしない。

茜は立ち上がり、強くテーブルを叩いた。

「前を見て！　話を聞いて！」

気の弱い者なら怯《おび》え竦《すく》んで腰を抜かす茜の一喝《いっかつ》にも、全く動じず四人は同じ姿勢を通している。浅葱が頬杖をついたままで「話は聞いてるよ」と呟いた。

「なに？　浅葱姉、いいたいことがあるならはっきりと口に出して」

「茜ちゃんがいってることはきっと正しいんだと思うよ？　でも正しいからってわたし達が従わなきゃいけないわけじゃないよね？」

茜は高校の時のジャージをだらしなく着ている浅葱をぐっと睨《にら》みつけた。

「従う従わないじゃない！　正しくないことをやめろといってるだけでしょう！」

ぐるりと見回したが、誰一人こちらを見ていない。中学生の藍でさえ、極めて不遜《ふそん》、不真面目な態度で、テーブルに足を乗せている。茜はもう一度掌《てのひら》をテーブルに叩きつけた。

「魔法少女の力を私利私欲に使っていいわけがないの！」

事の発端は今から五ヶ月ほど前、昨年の暮れ……茜が魔法少女になった頃まで遡《さかのぼ》る。

◇◇◇

不破茜には、真面目で堅物《かたぶつ》だと思われている、という自覚がある。剣道部をまとめるためにはそう思われていた方がなにかと都合がいいため訂正することはない。

実際に真面目で堅物なのかどうかは、自分でもよくわからない。そうでないと生活が立ち行かないため、必要に迫られて真面目で堅物なふりをしているのではないだろうか。

茜以外の不破家の人々はとかくいい加減である。趣味以外の面ではだらだらと怠《なま》けているだけの次女浅葱はもちろん、外ではしっかり者の長女葵や母彩子も、家に帰れば外面を脱ぎ捨てて「楽しければそれでいいじゃん」な人になる。四女の藍まで、それを立派に受け継いでいるような気がしてならなかった。油断していると朝夕の食事をとりながら漫画雑誌を読んだりしている。

父が生きていた頃からだ。父が亡くなり、誰かがしっかりしなくてはならなくなり、茜にお鉢《はち》が回るようになった。やりたくてやっているわけではない。やらなければどうしようもないからやっているだけだ。他の家族は皆どうしようもないとは思っていないらしい。

まあそれでも仕方ないかと諦《あきら》めていた。しっかり者として家族を回すのは苦痛というわけでもなかったし、自分の「素《す》」なのかどうかは未だ把握できていなかったが、それでもよかった。部活で疲労困憊《こんぱい》し、差配《さはい》するのが辛かったこともあるが、母や葵がお金を稼いでくれるからこそ部活に勤《いそ》しむことができるのだ。

そんな茜が魔法少女としてスカウトされたのが昨年の暮れだった。

人材を求め、全国大会へ視察にきていた魔法少女「森の音楽家クラムベリー」が茜の剣の腕、それに秘めたる魔法の力に目をつけた、とのことらしい。

正直、意味がわからなかった。そもそも魔法少女という概念がよく理解できなかった。

「魔法使い、ではなくて？」

「それとは少しだけ違いますね」

人間の限界を遥かに超える身体能力、物理法則を無視した魔法を見せられ、それまで茜が抱いてきた常識を完膚《かんぷ》なきまでに破壊された。とんでもないものがあるということまでは理解できたものの、それがどうして魔法少女と呼ばれるのかがいまいち理解できない。

魔法を使う少女だから魔法少女？　なぜ少女限定？　少女でなければならない理由は？

「今はそこを深く考える必要はありません。いつか知ることになるかもしれませんが」

クラムベリーは笑みを浮かべ、茜は自分の生真面目さを笑われたようで少々むっとした。

「陰《かげ》ながら人を助けるヒーローのようなものだと思っていただければよろしいのです」

「そうそう、かっこよくて美しい最高のヒロインぽん」

煽《あお》るようなファヴの口ぶりは右から左に抜けていった。

茜は全国大会の個人戦決勝を思い出していた。押し負けない力があれば、より鋭い打ち込みがあれば、素早い足捌《あしさば》きがあれば、あそこで勝っていたのは茜だったかもしれない。

茜が優勝旗を掲《かか》げ凱旋《がいせん》していたのかもしれない。

魔法少女にならないかというクラムベリーの誘いに、茜は黙って頷いた。

だが、いざ魔法少女になってみると、この力を使って大会に出てみようとは思えなくなった。わかっていたことではあるが、人間に比べてあまりにも強すぎる。変身前の不破茜が、変身後の魔法少女「アカネ」と戦ったとしたら、一千億人対一人であったとしても、到底勝つことはかなわないだろう。

それくらい開きがある。この力を使って人間と戦うのは卑怯というか大人気《おとなげ》ない。

結局、アカネはクラムベリーから指示された通り、街をパトロールするだけにした。人の目につかないよう極力注意し、些細《ささい》な問題を解決して回る。それは家の中の茜のようでもあり、こんな非日常でも同じことをしている自分が少し悲しく、また面白かった。

クラムベリーのように派手な衣装になったら恥ずかしいという懸念は、侍をモチーフとした基本和風で大人しめの衣装だったことで払拭《ふっしょく》された。ところどころ派手ではあるものの、これなら許せるレベルだ。それに加え、容貌は美しい。

アカネは魔法少女として活動する傍《かたわ》ら、魔法と剣の腕を磨いた。アカネの魔法は「見えている物ならなんでも斬《き》ることができる」斬撃《ざんげき》だ。物騒な魔法だが、たとえば銃を持った相手に遠くから狙われている時などは、間合いの有利不利を無視して敵の武器を攻撃して無力化することもできる。立派な平和利用といえるだろう。

この魔法を使う時は、刀を振りかぶる必要があった。剣を振るう速度を上げれば、それだけ魔法の強さ、使いやすさは向上する。

アカネには魔法を強くしたい理由があった。

クラムベリーはいっていた。魔法少女が規定の数に達したら選抜試験を開始し、それに合格した一名のみが正式な魔法少女として採用されることになる、と。

得たばかり、知ったばかりの力をできることなら失いたくないというのはあるが、それ以上に茜は勝負事が好きだ。剣道はもちろん、体育祭や合唱大会でも勝利を目指しクラスメイトを引っ張ってきた。鬱陶しく思われることがあるのも知ってはいたのだが、それでも熱くなってしまうなにかが勝負事にはある。

しかも常識を超えた力を持つ魔法少女同士の比べ合いだ。想像するだけでワクワクしてくる。まだ見ぬライバルのためにも、少しでも強い魔法少女になるのが礼儀というものだろう。当然強さだけでは正式な魔法少女になれないだろうが、強さもきっと役に立つはずだ。そう考え、学校、部活、家庭、魔法少女活動と平行して魔法の鍛錬を続けた。部活や自主練と同じことをしていても、筋肉の動きや思考の速度、耐えられる負荷、五感、それに竹刀や木刀とはまるで違う真刀の重さ、感触。その他一から十まで全てが違ってくる。それら一つ一つに慣れていかなければならない。

上達の実感とともにある充実の日々は、ある日唐突に終焉《しゅうえん》を迎えた。

魔法少女活動は夜間に行われる。夜闇に紛《まぎ》れて人知れず動くことができるということもあるし、家族に見つからないよう家を出ることができるということもある。こっそりと家を抜け出し、用事を済ませてからこっそりと帰宅する。魔法少女の身体能力をもってすれば、二階にある自室の窓を利用して出入りすることは容易《たやす》い。

その日もいつもと同じく窓から帰ってきたアカネは、変身を解除しようとしてふと耳を欹《そばだ》てた。声が聞こえる。夜中の三時過ぎだ。家族は全員寝ているはずだった。

感覚を聴覚に集中させる。確かに人間の声が聞こえる。若い女……少女の声のようだ。テレビやラジオではなく肉声で、しかも聞き覚えがない。家族の声ではない。泥棒。そんな単語が頭を過ぎる。

声はキッチンの方から聞こえる。ぼそぼそと押さえた声だが、魔法少女の耳を誤魔化すことはできない。剣道で鍛えた摺《す》り足で、極力足音を殺して廊下を歩き、階段を下り、一歩一歩、抜き足差し足で進み、キッチンに近寄るほどに声は大きくなっていく。

誰かと誰かの会話……二人？　三人？　四人？

「次の『花競争』で……」

「別にいわれたところで……」

「クラムベリーが……」

「いわなければ……茜にしたって……」

――クラムベリー？

橙色《だいだいいろ》の光がキッチンの扉から漏れていた。残り三歩の距離を一気に詰めて勢い良く扉を開く。テーブルを囲んで四人の少女が額を寄せ合っていた。驚いたようにこちらを見るその顔には全く見覚えがない。だがなにが起きているのかは理解できた。

アカネは内心の苛立《いらだ》ちを隠そうとせず、驚いている四人を睨みつけた。

「どういうことか教えてもらえる？」

◇◇◇

「お母さん達も別に隠そうとしてたわけじゃないんだけどね」

「そうそう。隠そうとしてたわけじゃなくて機会を逃してたのよ」

「茜姉だけ除《の》け者にしてたんじゃなくてさ」

「茜ちゃんに話したら怒りそうじゃん？」

「ちょっと浅葱、そういういい方やめなってば」

「もういいから。少し黙ってて」

素直に口を噤《つぐ》んでくれた四人を見渡す。ひらひらした華やかな衣装といい、美しい顔立ちといい、均整のとれた肢体《したい》といい、間違いなく魔法少女で、話す内容だけは普段の家族のままだ。頭がおかしくなりそうで、ひょっとするともうおかしくなっているのかもしれない。茜の頭か。家族の頭か。それとも両方か。

「とりあえず変身解除してもらっていい？　このままだと誰が誰かわからない」

茜も含め、皆が変身を解く。これでようやくいつも通りの食卓になった。

「え？　お母さん？　あの一番短いスカート履いてたのがお母さん？」

「なによ。いいじゃない。見た目だけは若いんだから」

「いい年齢してそんな格好を……」

「わたしは二十代だからギリ許されるよね？」

「いや浅葱姉も充分アウトだから。あたしは中学生だから許されるけど」

「今はね、三十代でも女子なの、女子」

「五十代だって女子でいいと思うわ」

頭を抱えたくなった。

魔法少女になったのは茜だけではなかった。不破家一同、長女葵、次女浅葱、四女藍、それに母の彩子、全員が魔法少女になっていた。茜自身、変身前とはまるで違った容姿になっていたが、家族揃って美しい少女の姿になっているのは……その中でも「少女でもなんでもない年齢」の上三人は、まるで狂気の世界だ。

クラムベリーから誘われたのは茜が魔法少女になってからほどなくのことらしい。茜の素質を見込んで魔法少女にしたクラムベリーは、試験官として茜の家族を確認した時、家族全員が魔法少女の素質を持っていたことに気がついたのだという。

「音楽家ちゃんも驚いたらしいよ。魔法の素質っていうやつは遺伝することが多いらしいけど、一家全員持ってるっていうのは珍しいんだって」

「遺伝ってことはさ。元はお母さんのお手柄ってことじゃなあい？」

「お婆ちゃんとか曾《ひい》お婆ちゃんかもしれないじゃん」

魔法少女になった四人は、茜に話すべきかどうか決めかねながら魔法少女活動を続けていたのだと語った。

「しかしこれ便利よね。アンチエイジング必要ないし」

「茜姉ばっかり独り占めする気でいたんでしょ？　ずるーい」

「茜ちゃんは昔っからそういうとこあんのよ」

この時点で茜は頭を抱えたかったが、真の頭痛はここからだった。

母彩子は夜の街を歩いて若い男からナンパされちゃほやされていたのだという。

「安心して、一線は越えてないから」

長女葵はストリートミュージシャンに混ざって歌って踊ってきたのだという。

「幼稚園に通ってた頃の夢がアイドルだったのよねぇ」

次女浅葱は家に篭って資格をとるための勉強をしていたのだという。

「眠らなくていいって素晴らしいと思う」

四女藍は山奥で破壊光線を乱射し、岩石を破壊していたのだという。

「ビーム最高。生身でビーム撃つ人に悪いやつはいないいって誰かがいってたけどあれホントだよね。茜姉も覚えといて。ビーム最高」

頭が痛い。母と葵はどう考えてもよくない使い方をしている。浅葱は他人の迷惑にはなっていないようで、実のところ自分のために魔法少女の力を利用しているだけだ。藍はストレス解消に静かな山を巻き込んで環境破壊をしている。全員ろくなものではない。

「なんでそんなことをしてるの？　クラムベリーがいっていたはずでしょう？　魔法少女は他人の役に立ってこそだって」

「でもさー。その魔法少女になれるのは一人だけなんでしょ？」

「しかも試験に合格した一人を除いて記憶消されちゃうらしいじゃん？」

「だったら記憶消される前にやりたいことやっておかないと損よねぇ」

「だよねー」

こうなるともうどうしようもない。茜が怒鳴ろうと罵《ののし》ろうと誰も譲《ゆず》らず、曲げず、己のやりたいことを貫き通す。その日の緊急家族会議は不調に終わった。

◇◇◇

家族間のパワーバランスは承知している。誰かにいうことを聞かせたい時は、他の誰か、場合によっては複数の協力者を得て説得なり交渉なりすればいい。しかし今回の状況は四対一だ。野放図な魔法少女活動をやめるよう説いても応じてはくれまい。

家事をボイコットすることで脅しをかける？　魔法少女と家事なら、魔法少女を選んできそうな気がする。いざとなればなんでもこなしてしまえる面子《メンツ》が揃っているため、完璧に家事をこなされ茜が傷つくだけに終わりそうだ。

クラムベリーに報告すれば、とも思ったが、家族を密告するようで気が咎《とが》める。かといって放っておくのもまた気が咎める。

少なくとも試験が終わってしまえば、あんないい加減な魔法少女が正式採用されることはないので、そこで欲望に塗《まみ》れた魔法少女ライフも終わるはずだ。しかしその採用試験がいつ始まるかも茜にはわからない。採用試験までにもっととんでもないことをされたら茜ではフォローできないかもしれない。

あんな魔法少女ぶりでは……と思うが、魔法少女をよくわかっていないのは茜も同じではないだろうか。よく知りもせずに自分だけ一段上に立っているような勘違いをしているのではないか。

といったことをぐだぐだと悩んでいる間に五日間が経過していた。真面目なのではなく、単に優柔不断なだけかもしれない。結論を出すことなく、早く試験が始まってくれればと時間に頼ろうとして――

「部長！」

大きな声を出されて驚き、思わず見上げた。一年部員が中腰で茜を見下ろしている。

「どうしたんですか？　ぼうっとして」

「いや……別に」

武道場では竹刀を打ち据える音や気合声が響き渡っていた。日曜日であっても参加率は高い。指導の賜物《たまもの》か。もしくは茜が恐れられているだけか。

部員が稽古に熱中しているのに、一人休憩にかこつけて考え事をしていたことが恥ずかしく、赤くなる頬を隠すため慌ててタオルをとり、強く顔を拭いた。

「やっぱりあれですか？　今日の花競争のことを考えていたんですか？　よく晴れましたからねえ」

「花競争？　ああ、あれ今日だったか」

「陸上部なんかは部活休んで総出で参加してるらしいですよ。剣道部にはそんな浮ついた部員もいませんけどね」

誇らしげな一年部員に軽く頷き返し、茜はハンドタオルを肩にかけた。

花祭りの季節、毎年近くの尼寺で「花競争」というイベントが催《もよお》される。遠い本山から危険で苦しい道を通って若い尼僧《にそう》が有り難いお札を届けにきたという古事にのっとり、山門から本堂まで女性がお札を届けるというイベントだ。

参加料を支払ってお札を受け取り、それを本堂まで届ける……という字面だけなら穏やかなイベントだが、一番早くお札を届けた者は願いが叶うなどといわれているため、健脚自慢の女丈夫《じょうふ》がこぞって参加するようになり、県の内外から参加者が押しかけ、芋《いも》を洗うような状態で地元警察も警備に来るという大イベントになってしまっている。

そうかー、そういえばグラウンドの方で陸上部の声かけが聞こえなかった気がするなー、あんだけ混み合っている場所によく行くもんだなーと他人事の感想を抱き、ふっと心に引っかかるものがあった。

そういえば最近どこかで花競争という言葉を聞いた。あれは確か……

「あっ」

思わず立ち上がった。

そうだ。キッチンで母と姉と妹が何事かを話していた。漏れ聞こえてきた中に花競争という言葉があったはずだ。

茜は魔法少女の力を一般人に振るうことを自ら禁じた。だがあの四人はどうだろう。

「魔法少女になって花競争参加したら余裕でトップじゃない？」

「あ、それいいわー」

「藍もやる！」

「お母さん一度でいいから花競争で先頭走ってみたかったのよねぇ」

こんな感じの軽いノリで参加してしまいそうな気がする。

茜の脳裏に浮かぶ花競争の参加者達。

「病気のお母さんを元気づけるために花競争の一位を目指すんだ」

「一年間この日のために鍛えてきました。今日こそ一位をとってみせます」

「はるばる東京からやってきました。初参加だけど頑張るぞー」

魔法少女に変身し、こんな人達の思いを踏みにじるのだ。誰が？　茜の家族が！

止めなければいけない。止められるのはもう茜しかいない。武道場の時計は十一時五分前。確か花競争の開始が十一時。今から走っても間に合いそうにない。

――だけど！

「ちょっと外の空気吸ってくる。後よろしく」

驚く部員を置き去りにし、茜は走った。防具も袴《はかま》も邪魔臭いと武道場から出るなり魔法少女に変身、疾風の勢いで階段を駆け登り、扉の鍵を一太刀《ひとたち》で斬り割って屋上に出る。

方角は北北西。背の高いビルが邪魔をしていて山門が見えない。

真昼間という時間帯もあり、目撃される可能性は高く、クラムベリーから教えられた魔法少女の掟《おきて》「なるだけ目立たず」に抵触してしまいそうだが、もはや拘《こだわ》っている時間はない。目立ちたくないのなら、人間が目視できない速度で移動すればいい。

駆けながら袴の裾《すそ》を持ち上げ、跳んだ。

アカネは思った。自分は真面目だと思われているが、実際そんなことはない。部長をしているのは睨みが利くのを上手く使われているだけで、家の中では誰か一人真面目な人間がいないと立ち行かなくなるからそうしているだけだ。熱くなりやすい。勝負事に燃えるタイプ。生まれや育ちが違っていれば、ギャンブルに狂っていたかもしれない。

そう、真面目ではないのだ。しかし、それでも譲れないものはある。責任感だ。これを守ることで茜は茜として生きていけている。剣道が好きだからこそ、剣道に対する責任を持つ。魔法少女は……まだ好きといえるほどではない。でも、家族は好きだ。苦労することがあっても、それでも嫌いになることはない。家族が好きだからこそ、家族に対する責任を持つ。

ビルの壁面を駆け上がり、屋上へ出た。学校からビルまでおよそ四キロ。そしてビルから山門までおよそ三キロ。魔法少女の目であれば、この距離でも人間を判別できる。

人だかりだ。マスコミらしき大きなカメラも来ている。

行動パターンを読む。開始前から目立つことは避けるはずだ。最後方からトップに躍《おど》り出た方がおいしいと思うはずで、魔法少女の身体能力ならそれが可能になる。

カメラの位置も重要だ。一気にごぼう抜きで前に出た時、ちょうどカメラに収まる場所はどこか。

――見えたっ！

人ごみから外れている、松の木の陰。松葉が邪魔になっているが、あの派手派手しくもひらひらとした裾《すそ》は先日見た物と同一だ。奇抜な衣装の集団に紛れこんでいる。毎年決まって参加しているコスプレランナー達の中に、姉がいる。

その右隣は母、さらに姉、そして妹。位置は把握した。勝負は一瞬。

アカネは右手で鯉口《こいぐち》を切り、ゆるりと抜いた。左手は指先で摘《つ》まむようにして脇差を抜く。剣道では試したこともない二刀流。やろうとする部員がいればきっと止めるはず。

だが、魔法少女ならば。

前髪が垂れた。ふっと息を吹いてそれをどかす。脇差《わきざし》を振るい、松葉を切り落とす。パラパラと散る松葉に気づかれる前に右手の刀を振るった。

魔法少女の力は人を傷つけるためにあるのではない。勿論家族を傷つけるためにあるのでもない。アカネが狙ったのは、四人が持っていたお札だ。あれがなければ順位などあったものではない。右、左、右、とお札だけを狙って斬った。後でお賽銭《さいせん》を持ってお参りに行きますのでどうか仏罰はご勘弁ください、と。

一呼吸置き、前髪がまた垂れた。三キロ離れた寺では、四人が手に持っていたお札が散り散りに切れ飛び、所々残雪の残る地面にはらはらと落ちていく。声は聞こえないが、叫んだりわめいたりしているのは見えた。やがて母がこちらに目を向け、指差し、四人とも「してやられた！」という顔をアカネに向けた。

アカネは刀を立てて自分の顔を刀身《とうしん》に映した。綺麗に晴れ渡った青空の下で「してやった！」という顔をしていた。こんな顔をしたのはいつ以来だろう。去年のハロウィンか。エイプリルフールだったかもしれない。いつも「してやられた！」側にいたため、久々に気分が晴れた。

時代劇で見た俳優の動きを真似、スチャチャっと刀と脇差を鞘《さや》に収めた。もう気持ちは帰宅後に飛んでいる。家に帰ってから、どんな説教をしてやろうか。そう考えていた。

オフの日の騎士

『魔法少女育成計画』のマジカルキャンディー競争が
始まる数ヶ月前のお話です。

オフ会。オフラインミーティング。

オンライン上のチャット、掲示板、MMORPG等で知り合った人々が、現実世界《オフライン》で食べたり飲んだり歌ったり話したり遊んだりする集いのこと。

オフ会に参加したいと思ったことは一度や二度ではなかった。隠れて魔法少女を愛好する岸辺颯太《きしべそうた》にとって、魔法少女総合サイトの雑談掲示板が、唯一己の魔法少女愛を叫ぶことができる場である。

古今東西、あらゆる魔法少女を網羅《もうら》した魔法少女総合サイト「マジマジカルカル」には魔法少女界隈どころかアニメ系サイトの中でも有数のカキコミ数を誇る掲示板があり、様々なスレッドが現れては消えていった。

掲示板常連のことは皆知っている。誰がどんな作品を好きなのか、どんなキャラクターが、どんな展開が好きなのか。ある時は作品論を戦わせ、解釈について論じ合い、魔法少女の歴史を紐解《ひもと》き、愛を語り、魔法少女ファンとしてお互いを高め合ってきた。

オフ会が計画され、実行される度、オフレポを「ふん、馴れ合いだ」「話すならチャットでも掲示板でもいいだろうに」と醒めた目で読み、それと同時に「ああ、楽しそうだな」「僕が参加していたらどんなことを話していたかな」とも思う。

「キューティーヒーラー」ファーストシリーズのサイン入りコミック。PS版「スタークィーン」のゴールドバージョン。ジョイント部分に指を挟む事故が続出したことで早々に回収対象となってしまった「ひよこちゃん」変身セット。

同好の士でなければ価値がわからないレアアイテムを自慢したい。実生活では、自慢どころか所持を教えられる相手さえいない。

颯太は中学二年生だ。人生の中で一番格好つけたがりな年齢だ。格好悪いということはなによりも悪いという価値観の渦中《かちゅう》で生きている。さらに颯太はサッカー部だ。スポーツマンで通している。特にサッカー部の現部長は「科学部ってなんであんなに眼鏡率高いんだろうな」などと機会さえあればインドア派を馬鹿にする体育会系一直線で、今のサッカー部もそんな雰囲気一色に染まっている。颯太も場の空気に合わせて適当に流してはいるが、もし魔法少女が好きだなんてことが知られたらどうなるか考えたくもない。

アニメ好き、漫画好き、といった男子もいるにはいる。だがそういったオタク系の男子であっても、颯太のように魔法少女一本槍ではない。少年漫画等であれば世間の目も多少は優しくなるだろう。だが魔法少女ではそうはいかない。年端《としは》もいかないアニメ絵の少女を性的な目で見ている、というふうにしか世間は考えてくれない。

岸辺颯太にとって、魔法少女ファンであることを知られるのは、社会的に抹殺《まっさつ》されるのとほぼイコールで結ばれている。この秘密は絶対に知られるわけにはいかない。

それがオフ会に参加できない理由の一つ目だ。もしオフ会に参加して、それを知り合いに目撃でもされたら……「あれ？　岸辺？　こんなとこでなにやってんだ？　これなんの集まりなん?」なんて訊かれたりしたら……誤魔化すことができなければ、翌日以降、学校での居場所はなくなるものと思っていい。

理由はもう一つある。颯太はサイト内で性別を偽《いつわ》っていた。所謂《いわゆる》ネカマだ。

悪気があったわけではないし、倒錯的な願望があったわけでもない、はずだ。気がつけばなんとなくそういうポジションに落ち着き、いつの間にか女性であるということになっていて、皆からはお姉さんと呼ばれるようになっていた。「魔法少女な子」というハンドルネームが悪かったのかもしれない。

オンで女の子だと思っていた相手にオフで会ってみたら四十過ぎのおっさんだったという笑い話はよく聞くが、まさか自分がそうなってしまうとは思わなかった。いやー実は男子中学生だったんですよと笑いながら参加できるほど颯太は面《つら》の皮が厚くない。むしろ思春期なりにナイーブな方だ。

リアルでは隠れ潜《ひそ》み、ネットでも屈託なく全てを話すというわけにもいかない、孤独なマニア道を歩んでいた。そんな颯太がソーシャルゲーム「魔法少女育成計画」と出会ったのは半年前のこと。本物の魔法少女になったのは半月前のことだ。

「魔法少女育成計画」というゲームには、プレイしていると本物の魔法少女になることがあるという噂があった。

もっとも颯太は魔法少女になることを期待してゲームをしていたわけではない。少女でない自分が魔法の力を身につけたとしても、見た目的に大変みっともないことになる。キューティーヒーラーやスタークィーンのコスプレをしている自分を想像すれば容易に予想できることだ。ゲームとして楽しむならともかく、実際魔法少女……この場合は魔法少年になるのはごめんだった。颯太はあくまでも純粋にゲームを楽しんでいた。理想の魔法少女を作るという作業が、魔法少女ファンにとって楽しくないわけがないのだ。

が、魔法少女になった。なってしまった。

「いや困るから。確かに魔法少女は好きだけど。自分がなりたいってわけじゃないからね」

「そんなのこっちだって困るぽん。せっかく男の子の魔法少女はレアなのに」

「それはレアなんじゃなくて需要がないんだろ」

「需要はあるぽん」

「ないよ」

「いやあるぽん」

「ないない」

「もう面倒臭いから鏡見てもらえないぽん？」

「そんなおぞましい」

「なんで魔法少女の実在をあっさり受け入れてるのにそこまでかたくなぽん」

「だって魔法少女はいるだろ。実際いたじゃん」

「あのね。人の話聞かないタイプだってよくいわれたりしてないぽん？　ていうか自分の声で気づけよ」

この後マスコットキャラクターのファヴによる献身的な説得があり、鏡を見たり、魔法の力を知ったり、本当に女の子になっているのか独自の調査が行われたりして、岸辺颯太は魔法少女「ラ・ピュセル」として活動していくことを引き受けた。

幼稚園の頃、幼馴染と一緒にアニメを視聴して以来、ずっと魅了され続けてきた魔法少女達。大きな夢を持ち、不思議な魔法を使い、人々の幸せのために働き、時には悪と戦う、そんな魔法少女になったのだ。

魔法少女になってから一週間は、ただただ忙しかった。余暇《よか》を使って人助けをしているのだから、そこまで忙しかったはずもないのだが、まだ慣れていなかった。先輩魔法少女との交流や、正体を明かさずにする人助けといった各種活動は、颯太を気疲れさせた。

だが、一週間が経過すると、魔法少女にも慣れてきた。夜にこっそりと自室の窓から抜け出して街に繰り出し、困っている人を探して助け、キャンディーを増やし、朝になったら帰還するという活動が生活サイクルの中に組み込まれるようになっていた。

人間、慣れてくると余裕が生まれる。余裕が生まれると余計なことを考えるようになる。

男である自分には絶対になれないと思いこんでいた魔法少女になり、頂点を極めていた興奮は、時間を置くことで多少クールダウンした。冷静さを取り戻した颯太は、この力は悪用できてしまうのではないかと考えた。

颯太がまず最初に考えたのは「絶対に捕まらない泥棒とかできちゃうな」だった。だが慌てて打ち消した。スプラスティック系のギャグ魔法少女漫画ではなくもないが、魔法少女として犯罪行為に走るのは言語道断だ。「キューティーヒーラーシリーズ」でダークキューティーが銀行を襲ったことがあったが、あれはあくまでも悪役がやったこと。「ベイビークラウン」という魔法で盗みを働く怪盗を描いた作品もあるが、高潔なる魔法騎士「ラ・ピュセル」とはキャラクターが違う。

「盗みはよくない」という結論に達した颯太が、ベッドの上で寝転びながら次に考えたのは「変身してれば女湯に入れるよな」という考えであり、その考えに至ってしまった自分の卑小《ひしょう》さを恥じた。恥じると同時に、その考えをさらに一歩進めた。

変身していれば……オフ会に参加できるのではないか？

オフ会に参加できなかった理由は二つあった。一つ目は知り合いに見られると困るということ。二つ目はオンラインで性別を偽っていたということ。どちらもラ・ピュセルに変身していれば解決できる問題なのでは？

念願のオフ会に参加できるかもしれない。

そう思って鏡に映るラ・ピュセルの姿を見た。角があった。これは問題だ。普通の人間に角は生えていない。それに尻尾もある。こっちも問題だ。理想の魔法少女を作ろうと足したり引いたりしている間に、ただの騎士に竜の要素を加えてしまった結果がここにある。ああ、余計なことをするのではなかったと後悔し、同時に前向きに考えた。

この二つを隠すことができればオフ会に出ることができるのでは？

颯太は変身を解除し、パソコンを立ち上げた。次のオフ会が予定されていたはずだ。「マジマジカルカル」のオフ会スレッドで次回オフ会の日時を確認する。今からちょうど一週間後。日曜日。場所は都内のファミリーレストラン。昼はファミレスで、夜になったら二次会三次会を予定しているらしい。

——参加、したい……。

参加できるかもしれないと思うと無性に参加したくなってくる。魔法少女のことを話したい。語りたい。持論をぶつけ合いたい。自慢したい。そういえば前回は魔法少女カルトクイズ大会なるものが企画されたと聞いた。自分の知識ならどこまでいけるだろう。優勝は無理でも、けっこう上位には入れるんじゃないだろうか。

そんなことを考えるとどうにもじっとしていられない。気がつけばオフ会スレッドに参加したいという旨《むね》をこっそりと書き込んでいた。

「『魔法少女な子』さん、参加するんだ。初参加？」「『魔法少女な子さん』が参加してくれるとは嬉しいなあ」颯太の参加表明に対し、こんなレスポンスがあった。もう後戻りすることはできない。腹を括《くく》ってオフ会に参加するしかない。

ラ・ピュセルに変身する。そして魔法少女の衣装を脱ぎ去り、着替え、どこにでもいるような女の子のふりをしてオフ会に出向く。これが颯太の立てた作戦だ。

障害となる角と尻尾は、隠す。

角はニットキャップでも被ればいいだろう……と思っていたら、想定以上に長さがあったため、ニットキャップを貫通してしまった。キャップではダメだ。ハットでなくては。しかもできるだけ背の高いものがいい。それなら角を隠すこともできる。

探した。どこにもなかった。

借りるといってもあてはない。颯太の友人知人に帽子をたくさん持っているようなお洒落な人種はいない。一人っ子であるため兄弟姉妹から借りることもできず、母や父にも期待できない。クラスの女子や幼馴染の女の子に「君の帽子を貸してほしい」などと頼めば変態扱いされるかもしれない。先輩魔法少女のシスターナナならそんな帽子を持っているかもしれないが、だからといってどうやって頼めばいいのだろう。角を隠せるような帽子が欲しいといえば、当然角を隠す理由も話さなければならないだろう。高潔な騎士としてのイメージは失墜《しっつい》し、シスターナナからも哀《あわ》れまれるか、馬鹿にされるか、見下されるか、どれも嫌だ。

タオルをターバンのように巻く。ワックスで髪を固めて角を隠す。シスターナナのようなヴェール。どれもいまいちしっくりこなかった。

オフ会は諦めるべきなのだろうか。だがここで諦めたら、一生涯オフ会には参加できないような気がする。

颯太は二つ折の財布を開き、内側に差してあったキャッシュカードを一枚抜き取った。このカードには新しいスパイクを購入するためのお金が入っている。少しずつ、少しずつ、小遣いから、お年玉から、母に頼まれた買い物のお駄賃から、抜き出し、浮かせ、貯めてきた。

颯太はカードを見詰めた。今、彼は岐路《きろ》に立たされている。

一方は魔法少女。一方はサッカー。どちらも颯太の人生において重要な位置にあった。

だが、選ばなければならない。二つとも選ぶことは許されない。許されるだけの財力は、今の颯太にはない。

◇◇◇

颯太は魔法少女を選んだ。

サッカーは大切だ。プロになってヨーロッパで活躍したいという夢は今でも捨ててはいない。だが、魔法少女は現時点ですでにプロだ。優先すべきは、そちらでいい……はずだ。

十八切符で特急から特急に乗り継ぎ、広すぎて頭がくらくらする東京駅では駅員に何度か乗り場を尋ね、いくつかの駅を抜けて目的地に辿り着いた。頭には全体的にストンとしたクロッシェという帽子を被って角をカバー。深く被ることで眉の下辺りまで隠してしまう。淡い桃色のマキシスカートにはふんわりとしたフレアが入ることで下半身の体形を誤魔化すことができるようになっている。これによって尻尾もカバー。

近所の量販店で揃えただけのことはあって、全体的に安っぽいのはいかんともしがたいが、一応形になってはいる。下着だけはどうしても買うことができず、ラ・ピュセルのコスチュームをそのまま流用していた。

家から東京までこの格好で来た。たまにちら見されるのは格好がおかしいからではないのだと思いたい。旅行用のリュックサックとスニーカーはいつも通りの物を使用しているせいでバランスがおかしいとか、スニーカーのサイズが微妙に合わないせいで動きがおかしいとか、そういう小さな違和感だけですんでいるはず。

――やっぱりどこかで着替えればよかったかな。

トイレに入って着替えることも考えたが、岸部颯太がトイレに入り、ラ・ピュセルになって出てきてはおかしなことになる。両親ともに家を空けるタイミングを見計らって変身し、誰にも見られぬようこっそりと出るのがベストなはずだった。

このような心配をしながら電車に揺られてやってきた颯太だったが、オフ会の会場であるファミレスに入ってみると、すでに参加者らしき人達が何名も集まって歓談していた。聞き覚えのある単語が耳に入ってくる。

そちらへ近寄ると、皆、ふっと静まり颯太を見た。颯太は緊張しながら頭を下げた。

「あの、ここ、オフ会ですか?」

「そうですよ」

「はじめまして『魔法少女な子』です」

「おお、『魔法少女な子』さんですか」

「いやー想像してたまんまでびっくりしましたよ」

「肌綺麗っすねー」

歓迎され、ほっと胸を撫で下ろした。奥へと通され、腰を下ろす。サッカー部の部長がいれば「眼鏡率高すぎ」といいそうな面子だが、今の颯太にとってはなにより求めていた人達である。地元にもある、ファミレスのチェーン店の一角が、魔法少女を語る集いになっている。これがオフ会なんだ、と颯太は胸を高鳴らせた。

「どもどもー『ジェノサイ子』です」

「あ、『ジェノサイ子』さんですか。いつもお世話になってます」

掲示板の中心的な人物、ジェノサイ子。ころんとした感じの若い女性だ。わりと颯太がイメージしていたまんまかもしれない。大盛りのフライドポテトに手を伸ばしながらにこにこと笑っている。

「あはは」

「『魔法少女な子』さんが参加するとは思ってなかった系ですよ」

「美人ですねー」

「いやそんな」

「ひょっとして、ご同業だったり？　顔もそうだけど体形とか……雰囲気が」

「はい？」

「いや、わかんないなら気にしないでくださいな……あとは『ペレット』さんがくれば常連はフルコンプリートするのになあ」

「『ペレット』さんってオフ会には参加されないんですか？」

「あの人は参加したことないですねぇ」

「ジェノサイ子」は声を落とし、ラ・ピュセルに顔を寄せて囁いた。

「あの人ね、多分製作サイドの人なんじゃないかな。顔見せればわかる人がいちゃうからオフ会とか出られないって、そういうあれね」

「ああ、そういう」

『ペレット』もまた掲示板の常連で、魔法少女の知識量では颯太を上回る。特にマジカルデイジーの大ファンで、「マジカルデイジーが終わり、僕の青春も終わった」から始まる発言はコピペにもなった。

いわれてみれば、ただの噂話のようで、なのに妙な生々しさのある話……スポンサーの横槍《よこやり》とか声優の仲とか会社の方針とかそういう裏事情に纏《まつ》わる話が多かった気もする。主にマジカルデイジー関係で。

「そういうアニメ業界の人でも掲示板にレスしたりしてるんですね」

「あの掲示板、けっこう多いらしいですよ。かくいう私もね……ふふふ」

「え、『ジェノサイ子』さんも業界の人なんですか?」

「いやーそれはちょっといえないんだけどね。ふふふ」

何度か席を変え、自己紹介と歓談を繰り返した。

「『カノッサ』さんは『魔法少女育成計画』やってないんですか?」

「話には聞いたんだけどね。どうもやる気になんなくて」

「都内じゃあんまりやってる人いないみたいですね」

「一部地域でブームのソシャゲってのも珍しいよね。内容聞く分には面白そうだと思うんだけど、なんでか食指が動かないんだよ。おっかしいよなあ。魔法少女系のゲームならやりたくならないわけがないのに。おまけに無料でしょ？　不思議とやろうって気にならないんだよ。本当よくわかんない。年齢《とし》かなぁ」

話していると人間関係のようなものも見えてくる。

「『みそ焼き』さんには気をつけてね」

「はあ」

「あの人さ、可愛い子がいると異常にはしゃぐから」

ちらと「みそ焼き」氏を見る。ブランド物のサマージャケットに「魔法少女」の四文字が美しい草書体で描かれた扇子《せんす》を合わせるという、自己主張の強そうなファッションの男性だ。顎鬚《あごひげ》がなんとなく胡散《うさん》臭い。

「もう出入り禁止にしちゃえばいいと思うんだけどね。『ジェノサイ子』さんってそういうところ甘いからさ」

「なるほど……気をつけておきます」

もう一度「みそ焼き」氏を見ると、目が合った。会釈すると、向こうはにやりと笑って立ち上がった。ひょっとしてこちらに来るつもりだろうか。気をつけろといわれたばかりでそれは少々気まずい。先んじて移動した方がよさそうだ。

颯太は「失礼します」と手刀を切りながら席を移動した。

「はじめまして。『魔法少女な子』です」

笑顔で名乗ったが、隣に座る少女はぺこりと頭を下げるだけだった。

「ええと……」

少女は少し戸惑ったような表情で颯太を見ている。困らせてしまっているようで、こちらも困る。なんとか話の接《つ》ぎ穂《ほ》を探したが、魔法少女の話にも、掲示板の話にも、今日の天気にさえのってはくれず、頷き、あるいは首を傾げるだけで少女は話してくれない。

「あの作品どう思います？」

「……」

「今日は晴れて良かったですね」

「……」

「魔法少女っていいですよねぇ」

「……んだな」

会話の中で聞けた言葉は唯一これだけだった。

その後、「ジェノサイ子」に「あの方はどなたでしょう」と訊いてみたが、ジェノサイ子は首を横に振って肩を竦めた。

「さあ？　新規の誰かじゃない？　まあ参加費払ってくれるなら誰でもいいさー」

なんとなく気になる少女だった。一人、会話に参加せず、黙々と食事を続けている。顔形が似ている、というわけではないし、物静かなところや大人しそうなところも似ているわけではないのだが、どこか颯太の幼馴染を思わせた。雰囲気だろうか。

気にはなったが、颯太にはそれ以上関わっている暇がなかった。魔法少女トークに花を咲かせ、梱包材《こんぽうざい》に包んで持ってきたレアアイテムを自慢し、魔法少女しりとりで盛り上がり、お土産をもらって「自分も買ってくればよかった」と後悔し、やたらと見た目を褒めてくる男をやんわりと拒絶していたら、もう電車の時間になっていた。

まだまだ話したいことはあったし、二次会や三次会も気になったが、ここで帰らなければ颯太よりも先に両親が帰ってきてしまう。もしラ・ピュセルのまま家に帰って両親に出会ったりでもしたら大惨事だ。かといって途中トイレで着替えるとしても、颯太が女子トイレから出てこなくてはならなくなり、そっちはそっちで大惨事になる。

「今日はとても楽しかったです」

「こっちこそ楽しかったよ」

「今度は掲示板で」

「またオフ会やりますからその時もよろしく！」

「キューティーヒーラーの新作話しましょうね」

別れ際、無口な少女に目をやると、こちらを見ながら——ほんの小さくではあるが——微笑んでいた。なんとなく嬉しくなり、颯太はファミレスを後にした。

寄りたい場所、見たい物はあったが、時間がない。東京見物はまたの機会にしようと駅までの道を地図で確認し、この裏の道なら近いと判断、五分ほど歩いていると、後ろから肩を叩かれ、振り返って驚いた。

「や、どこ行くの？」

「みそ焼き」氏だ。店の中にいた時はなかった、やたらと大きなサングラスをかけているせいで胡散臭さが増している。

「あの、なんで？」

「なんで僕がここにいるかって？　そりゃ女の子を一人で帰すわけにいかないだろ？」

「いや、大丈夫ですから」

「遠慮しなくていいよ」

遠慮しているわけではないが、聞いてくれそうにない。

「ね、帰る前に色んなとこ見て回ろうよ？　東京在住だから詳しいよ？」

人物評と、態度と、顔つきを合わせればなにを欲しているのかは中学生の颯太にも把握できた。だが颯太には求められた物を与える気はまるでない。

「いや、電車の時間が」

「大丈夫だって」

「家に帰らないと」

「帰ったってつまんないよ」

「そういう問題じゃなくて」

「あんなファミレスじゃなくてさ、もっとちゃんとした所で食事しようよ。フレンチとイタリアン、どっちが好き？」

ぶん殴るわけにはいかないだろう。断っても話を聞いてくれそうにない。振り払って駅へ向かっても、そのままついてくるかもしれない。そうなれば最悪だ。

颯太の人生で男にしつこくいい寄られた経験はない。そうなったらどうしてやろうというシミュレーションも当然していない。心拍数が上がる。女性はこういう時にどうするものなんだろうか。どうすればいい、どうすればいいと焦《あせ》れば焦るほど慌ててしまう。ああ、どうしようと困っていたその時。

「待てい！」

背後に日の光を背負った少女がいた。特撮に出てくる戦闘部隊のようなコスチュームで、逆光の中にあってもはっきりと顔立ちは美しく、颯太は「ああ、これは確実に魔法少女だ」と理解した。

「人気のない路地裏で女の子にしつこくつきまとうなんて許しがたーい！」

「な、なんだよあんた。その格好」

「そこは『何者だ！』がお約束でしょ」

「そんな話してんじゃねえだろ。部外者が口出しすんなよ」

「相手が嫌がってるのもわかんないの？」

「みそ焼き」氏と魔法少女が揉めている。魔法少女は「みそ焼き」氏の肩越しに、颯太に対してウインクをした。つまり早く逃げろといっているのだ。

この辺を守っている魔法少女が、困っている颯太を助けてくれた、ということなのだろう。颯太は魔法少女に一礼し、全力で駅まで走った。そう、全力で走ってしまった。

駅に到着し、切符を取り出そうとリュックサックを見て異常に気がついた。

魔法少女のコスチュームは特別製だ。魔法少女の運動に耐えることができる。音を遥かに超える速度で飛ぼうと、地底深くまで潜っていこうと、破れたりほつれたりすることはない。対して人間用の衣服は、魔法少女が着ることを想定していない。人間並の速度で動くだけなら問題はないが、魔法少女の全力に耐えるだけの耐久力はない。

スカートは消し飛び、帽子が弾け、シャツはボロボロに、そしてリュックサックは中身ごとゴミクズと化し、レアアイテムがどうなってしまったのか察した颯太は悲鳴をあげた。颯太の悲鳴を聞いた周囲の人間は颯太に注目し、その視線によって颯太はもう一度悲鳴をあげた。最初の悲鳴はぎゃあ、二度目の悲鳴はきゃあ、だ。

思わず胸元を押さえてしまったのは反射か。それとも本能か。

切符も財布もないため電車で帰ることはできない。それどころか服がない。恥ずかしさ

の余り、足が動かないでいる。その場にへたり込んだラ・ピュセルの肩に、手が置かれた。

「……え？」

身体の色が変わっていく。襟、袖、模様、ポケットやファスナーが生じ、それは一見すると、タイトな服を着ているかのようにも見えた。

片膝をついて背後を振り返った。なにもない。誰もいない。

「やざがねもんだが家《や》っごまではもづ」

膝を中心に身体を回転させ、立ち上がりながら周囲三百六十度を確認したが、やはり誰もいない。しかし今の声は幻聴ではなかった。

ボタンだろうとファスナーだろうと、触れれば自分の肌に触れる。それによくよく見れば服を着ていないこともわかるだろう。だが誤魔化しくらいにはなっているはずだ。

なにが起きたのか理解できなかったが、周囲の注目を浴び続けていることは痛いほど知っていた。選択肢はない。ラ・ピュセルは視線を振り払って走った。家までは遠いが、線路沿いに走っていけば帰りつけるはずだ。

——でも……なんだろう、これ？

魔法少女以外でこんなことができるわけはない。東京とは、なにか困り事が生じる度に魔法少女が現れる、魔法少女の都なのだろうか。人口密度が関係しているのか。

後日、「『魔法少女な子』さんがかわいかった」というオフレポを読み、颯太は力なく微笑んだ。

◇◇◇

窓からスカイツリーが見える、というホテルのパンフレットを真に受けて試してみたら、建設途中のビルが邪魔をしてツリーの先さえ見えなかった。どうにかして見えないかと張りついたせいで、窓ガラスに頬の跡が残っただけだ。

ビジネスホテルのベッドに腰掛け、久慈《くじ》真白《ましろ》は落ちこんでいた。

クラムベリーから「メルヴィル？　一つお願いがあるのですがよろしいですか？　近々魔法少女系サイトのオフ会が計画されていまして、そこに潜入していただきたいのですよ。魔法少女愛好者には魔法少女の才能を持つ者が多いといわれています。才能がある人を見つけたらスカウトして……いや大丈夫ですよ。貴女《あなた》ならできますから。だから頑張って！ファイト！」との命を受け、オフ会に忍びこんだところまではよかったが、自分の方から話しかけるのは気恥ずかしく、しかも途中からクラムベリーの現試験参加者であるラ・ピュセルが魔法少女に変身したままでやってきた。慌てた真白は、ろくに仕事ができないままオフ会を終えてしまった。真白を……魔法少女「メルヴィル」を信じて頼んでくれたのに、これではクラムベリーに申し訳が立たない。

色々と話しかけてくれたラ・ピュセルが気になってついていったが、彼女を助けたのは夢ノ島《ゆめのしま》ジェノサイ子だった。メルヴィルは透明なまま出るタイミングを逸した。服を失い困っていたラ・ピュセルを救ったのが唯一成《な》しえたことだ。あそこで立ち往生していたらラ・ピュセルはどうにもならず、クラムベリーの試験にも差し障りがあったかもしれない。つまりメルヴィルはクラムベリーの役に立った……はずだ。そう願いたい。

真白は反省をした。人と話すことは得意ではないし、多数の見知らぬ人間に混ざるのはもっと苦手だ。だが苦手で終わらせていては成長はない。訛《なま》りに臆することなく、相手と話していけるように頑張ろう、と決意した。

牛肉消失事件
～メイドさんは見た～

『魔法少女育成計画restart』のゲームが始まる
一年ほど前のお話です。

バスの中は大盛り上がりで、皆、マイクを奪い合い、アニメソングや流行歌を歌ってている。学年も学校もバラバラで、さっき初めて会った者同士が、まるで十年来の親友のように笑っていた。きっとこの「夏休み小学生合宿」は盛り上がることだろう。

野々原紀子《ののはらのりこ》もまた楽しんでいる内の一人だった。むしろ紀子が楽しんでいるからこそ、このような盛り上がりになっているのだといえる。野々原紀子……魔法少女「のっこちゃん」は、自身の気持ちを周囲に伝播《でんぱ》させる魔法を使う。ネガティブな気持ちも、ポジティブな思いも、例外なく影響を与える。紀子が楽しければ、皆が楽しくなる。

今回は家にいる時とも、学校にいる時とも、のっこちゃんとして働いている時とも違う。お父さんもお母さんも「いっぱい楽しんできてね」と送り出してくれた。紀子もそのつもりだ。普段、のっこちゃんに変身して日常生活を送っている時は、感情を抑え、操り、クラスをより良い方向へと誘導している。この合宿では感情を解放し、自分自身の楽しみを優先するつもりだった。変身をしている違和感を消し、のっこちゃん自身の容姿に関する印象を薄くするという必要最低限のコントロールを除き、自由に振舞う。

「あ！　見えた！」

前の席に座る男子が立ち上がり指を指した。蛇行する山道の先に小豆色の建物がちらりと見えた。全体が四角く、平たい。巨大なマッチ箱のようでもある。あれが宿泊先だ。

◇◇◇

氷岡《ひおか》忍《しのぶ》は魔法少女であり、職業探偵でもある。

探偵が「探偵小説に出てくるような怪奇な事件」のみを扱っている、と思っている人間は、今時どれくらいいるだろう。家出人探し、素行調査、浮気の証拠集め、といった俗で泥臭い仕事がメインである、と多くの人が思っているのではないだろうか。

だが、それもまだマシな方だ。

氷岡忍が所長から仰せつかった仕事は、正確には仕事ですらなかった。

「ええと。それはつまりボランティアってことですよね？」

「うん。そうなるね」

忍としては、表情と口調に「おっさんなにいってんの？」というニュアンスをいっぱいに込めたつもりだったが、所長はなに一つ動じることなくコーヒーを啜っている。

「うちの事務所からも一人出すことになってる。主催者サイドに一人、世話になってる人がいるから断るなんてことはできない」

忍は苦々しい顔を浮かべて所長を見た。所長はすました顔で忍を見返している。忍はパンツスーツの膝に視線を落とし、表情をいぶかしげなものに変えつつ、ぱっと顔を上げた。

「なぜ私なんでしょう？」

「修行だよ。皆、こうやって一人前の探偵になるもんだ。私だってそうだった」

有無をいわせぬ口調には、そもそも忍が断ると思っていそうにない決めつけが混ざっていたように思える。実際、ぶつくさいえても断ることはできないのだ。

忍はスタッフとして子供合宿に参加することとなった。


「忍さーん、キャンプファイヤーの組み立て手伝ってあげてー」

「はーい。了解でーす」

「忍さーん、時計の時間合わせておいてー」

「オッケーでーす」

「忍さーん、点呼お願ーい」

「人数揃ってまーす」

所長が忍のことをどのように説明していたのかは知らないが、スタッフの中でも一番の下《した》っ端《ぱ》としていいように使われているような気がしてならなかった。たぶん所長は「うちの新人です。これも探偵修行の一環《いっかん》ですからこき使ってやってください」などと調子のいいことをいったに違いない。あれは、そういう上司だ。

全国から参加希望を募るという夏休み子供合宿は、その募集形態から規模は大きく、参加者が多く、その割りにスタッフは少ない。一人当たりの仕事は多く、特に下っ端がその影響をもろに受ける。

忍はコテージのベンチに腰掛け、缶コーヒーを手にため息を吐いた。なだらかな丘を埋め尽くした鮮緑色《せんりょくしょく》の芝が、涼やかな風に靡いている。子供達はそこかしこで笑い、はしゃぎ、今日会ったばかりの間柄でもう友人関係を築いていた。

平和な風景にも見えるが、管理する方は大変だ。小学生達はどこまでも自由に動き、危険だからやるなといったことも平気でしてのける。忍は立ち上がり、ホイッスルを吹いて指を指した。

「そこー！　木に登るのは禁止っていったでしょー！」

きゃっきゃと笑って駆けていく小学生達。苦労は絶えない。

そして、子供はタフだ。昼、夕と散々怒鳴らされ、忍はもう疲れ果てているのに、彼らは声高に次のイベントを要求する。夜なんだから寝ればいいのに、といっても誰も聞かない。

「じゃあ次は肝試しになるから。忍さん、準備お願いね」

「え、私ですか？」

「館内の照明暗くしてコースにするから。入り口から案内に従い道なりに進んで、食堂でクリア証明を渡しておしまいね」

「私はどこの担当を？」

「忍さんは最後の食堂に来た子を驚かして。所長から聞いてるよ。そういうのが得意なんでしょ？」

あることないこと吹聴してまわる上司を法的な手段で訴えれば勝てるものだろうか。

――くそう、くそう。やりますよ。やればいいいんでしょ。

怒りの対象は所長になり、この場にいないので拳が空を切る。そうなれば矛先も変わる。

昼間から我侭《わがまま》放題で忍を困らせた子供達だ。

夕食後、準備におよそ三十分。

いくら疲れて苛立っているとはいえ、子供達を酷い目に合わせてやろうなどと思うわけがない。あくまでも、子供達を怖がらせる。それが忍の任務で、子供達だって望むところであるはずだ。外からは「肝試しなんてどうせ怖くねーよなー」「子供騙しだよな」といった声が聞こえてくる。

食堂に至るまでの廊下は、スタッフ手製の紙細工や玩具のお化けで飾りつけをした。確かに子供騙しではあった。せめて山の中にでも入ればいいのだが、安全面で許可が下りず、チープな肝試しになってしまったらしい。

――だがな……大人を舐めるなよ！　ガキども！

一人食堂に配置された忍は、魔法少女「ディティック・ベル」に変身した。ディティック・ベルは「建物と会話をする」魔法を使う。

ディティック・ベルが食堂の壁にキスをすると、壁一面に大きな顔が浮かび上がった。

年老いている。照明が落とされているということもあり、なんとなくおどろおどろしい。

「なんじゃい？」

「今からここに小学生が来るから。あんたはそいつらを脅かして」

「なんでじゃ？」

「今から肝試しをやる。で、あんた馬鹿にされてるから。子供騙しもいいとこだってさ」

「馬鹿にされるのは好かん」

「でしょ？　だったらきっちり脅かしてやりなよ。でも怪我させたりしちゃダメだからね」

「顔」にはターゲットが現れるまで姿を消しておくよう指示し、自らもまたカーテンの陰に身を潜めた。わくわくしながら待つこと五分。誰かが入ってきた。

ディティック・ベルの方からは後姿からしか見えない。女の子のようだ。恐らくは中学年程度か。食堂のテーブルにあるクリア証明に手を伸ばそうとしたところで——壁に顔が出現し、長い舌で女の子の顔をぺろりと舐めた。

やった！　と忍が拳を握ったのは正味五秒ほどだっただろうか。女の子が悲鳴を上げて逃げ出し、忍はなぜか恐怖にかられ女の子と共に走っていた。そこかしこから悲鳴や叫び声が響き、泣き喚く子供の声が山に木霊《こだま》するという地獄のような光景が広がり、子供どころか大人まで涙を流しながら逃げ惑い、ある者はコテージの自室に飛びこんで内側から鍵をかけ、ある者はテーブルの下で震え上がり、ある者は体力が尽きるまで走り回る。騒ぎが収束し、参加者とスタッフ全員の無事が確認されたのは午後十一時だった。

いったいなぜここまで騒ぎが大きくなってしまったのか、考える暇も与えられず、忍は子供達を追いかけ続けた。子供達を寝かしつけてからスタッフ一同ホールに集合し、「いくらなんでもやり過ぎだ」とリーダーから怒られ、忍はひたすら身を縮ませた。

◇◇◇

同室の女子は全員眠ってしまったようだ。こういう宿泊イベントでは、消灯後も夜遅くまで眠らず、恋とかそういう話をするものだと聞いていたが、現在すでに夜遅く、しかも皆疲れてしまっている。主に紀子のせいで。

紀子は、掛け布団を引き寄せて顎先まで覆った。

完全に油断していた。自分は並の人間を遥かに超える身体能力を有する魔法少女であり、闇も見通すことができるし、なにに襲われても対処できる。ましてや子供騙し丸出しの肝試しなど怖いわけがない。そう思っていた。慢心していた。

どういう仕掛けがあったのかはわからないが、いくらなんでもあれは怖い。平時の紀子は自分を律し、心の動きを抑えるだけの力を持っているが、それら全てが吹き飛んでしまうほど恐ろしかった。舌の動きも、感触も、酷く生々しかった。

恐怖に駆られて逃げ惑い、自分の恐怖心を伝播させたことで大パニックを引き起こし、あわや事故になるところだった。怪我人がなかったのは不幸中の幸いだ。

それにしても、あの舌は、顔は、いったいどういう仕掛けであんな風になっていたのだろうか。あの時はただ怖かっただけだが、今になってみると気になって仕方がない。

薄く目を開けて考えていると、天井の木目が顔に見えてきた。食堂の壁に浮かんだ巨大な人面を思い出し、紀子は慌てて目を瞑《つむ》った。

◇◇◇

あれだけ大騒ぎをしたというのに、子供達は朝から嫌になるくらい元気いっぱいだった。むしろあのアクシデントを喜んでいるようにさえ見える。大人達は昨日に比べると元気がない。そして忍に対する態度が心なしかそっけない。

もしこれが所長にまで報告されるようなら、こんな仕事とも呼べない仕事すらまともにこなせないのかなどと嫌味をいわれること請け合いで、せめてここからの仕事はきっちりとこなし、地に落ちた評価を一ミリでも上方修正する必要がある。

「忍さん、肉のチェックお願いね」

「はい、了解です」

今日はオリエンテーリングの後、バーベキューが予定されていた。山の上とはいえ、季節に従いそれなりに気温は高く、朝から日差しは強い。よくもこんな陽気に歩き回るものだと額の汗を手の甲で拭い、大型冷蔵庫からビニールパックされた肉を取り出した。ひんやりと冷たく、手を当てると気持ちがいい。

人数が多いため、それに従って肉の量も多い。ここまで大量の肉を見たのは生まれて初めてではないだろうか。

「うわ、すげえ」

「ねえ、これ今日のご飯なの？」

朝食を終えた子供達が集まってくる。なにかあると集まるのは子供の習性なのだろうか。忍もかつては子供だったはずだが、もう覚えてはいなかった。

子供達は、朝食を終えたばかりだろうに「美味しそう」「食べたい」と合唱し、それを聞いていると忍の腹の底から食欲が湧き上がってくる。確かに美味しそうだ。食べたい。これを焼いて食べてしまいたい。いや、もうこの際生でもいい。少しくらい食べたって気づかれないだろう、と手を伸ばしたところではっと我に返った。子供と一緒に盗み食いなんてしていたら、ただでさえ下っていた評価が地の底に沈む。

「ほら、お肉は後でしょ！　今はオリエンテーリングの準備しなさい！」

なんとか子供達を追い散らし、ふうと息を吐いた。自覚している以上に疲れているのかもしれない。いくらなんでも生肉をそのまま食べてもいいと思うのは常軌《じょうき》を逸《いっ》している。なにはともあれ、とりあえずチェックは終わった。生肉を常温放置するわけにはいかないので、片付けようとテーブルの上を見て、首を傾げた。

さっきまであったはずの肉が無くなっていた。テーブルの下、冷蔵庫の中、引き出しや冷凍庫まで開けたがどこにもない。焦りがじわりと首をもたげ、瞬く間に大きくなる。パニック寸前の心を落ち着け、もう一度探したがどこにもない。

肉が消えた。

◇◇◇

「ケチだよな」

「触るくらいいいじゃんね」

「ヒステリーだよ」

スタッフのお姉さんから追い払われ、皆、口々に文句をいいながら散っていく。紀子もまた散っていくうちの一人だったが、文句はいわない。スタッフが食材に触らせないのは当然で、もしそのいい方が強すぎるのだとしても、昨晩眠れなかったせいかもしれず、それは要するにのっこちゃんのせいだからだ。

「次はなにするんだっけ？」

「オリエンテーリングだってさ」

「オリエンテーリングってなにやるの？」

「よくわかんないけど宝探しみたいなものらしいよ」

宝探し！　お楽しみはまだまだたくさんありそうだ。

◇◇◇

さっきまではあった。間違いない。片付けてもいない。つまりまだそこにあるはずだ。なのに無くなっている。理由はわからない。しかし、大変にまずいということはわかる。

これは事件だ。探偵の出番だ。まずいことはわかっていても、胸が高鳴る。

「忍さーん、そっち終わったらこっち手伝ってー」

「は、はーい」

忍は窓に鍵がかかっていることを確認後、カーテンを全て引き、さらに食堂の入り口を締め、掃除用具入れからモップを取り出しドアに噛ませた。これで誰かに見られることはない。ディティック・ベルに変身し、壁に口づけをする。

魔法少女に変身することで、多少は冷静になった。おそらく子供のイタズラだ。忍が追い払っている隙に、別働隊が肉を運んだ。その筋書きがしっくりくる。しかしそうだとしても食堂内を探して肉が見つからなかったのは事実だ。食堂の中に隠したのだとしたらよほど巧妙な隠し方をしている。食堂の外に運んだのだとしたら、まずはその事実を確認しなければならない。行方を追うのはそれからだ。

なんにしても食堂自身に尋ねてみればいい。そう考え、忍は食堂の壁に口づけをした……が、壁に顔が浮き上がらない。

「……あれ？」

冷静になりかかっていた頭の中がまたしても沸騰する。今までにないことだ。崩れかけた廃屋であっても、ベルの魔法がかからないことはない。家主自身の不利益になることを建物が話してくれない、ということがあっても、顔そのものが出てこないことは初めてだ。混乱している頭で必死に可能性を追う。いったいなにが起こっているのか。不可解な肉盗難事件。なぜか浮かび上がらない食堂の顔。怪奇だ。理由がわからない。

これは魔法に頼り過ぎていた忍への試練なのだろうか。探偵の神様が、魔法抜きでこの盗難事件を解決してみせろといっているのか。

犯人はおそらく子供。動機は食欲？　もしくはイタズラ？

ディティック・ベルの混乱した脳はぐるぐると動き続ける。

子供が犯人というのはありそうな可能性を予測しただけに過ぎない。犯人は他にいるかもしれない。そう……動物。史上初の探偵小説と呼ばれた作品からして動物が犯人だった。探偵小説のセオリー的には、なにもおかしなことはない。山の中なら熊とか。狼……は絶滅したんだったか。狸や狐？　違う。そうじゃない。窓の鍵はかかっていた。ならネズミ？　ゴキブリ？　小動物が持っていくには肉の量が多すぎる。パニックムービークラスの数が必要になるし、それなら気がつかないわけがない。ひょっとすると……スタッフの誰かが？　なんのために？　氷岡忍を陥《おとしい》れるために？

ディティック・ベルは付属アイテムである虫眼鏡を取り出した。壁と話ができないのなら、別の証拠を探せばいい。肉のあった場所に虫眼鏡をむけると、微かに光る物がある。液体のようだ。指先で擦《こす》ってみると、どろりとしている。鼻に近づけてみると……臭い。

「なんだろうこれ……唾液？」

涎《よだれ》を垂らしていったということは、やはり食欲が動機ということか。子供でも動物でもありそうではある。大人が涎を垂らしていくことはなさそうなので、スタッフは疑わなくてもいいだろう。

他に目につくものはない。この涎を鑑識に回してＤＮＡを解析、それによって犯人を見つける――

「忍さーん？　まだー？」

「す、すいませーん。今行きますからー」

――そんな時間があるわけはなかった。ディティック・ベルの脳は再び動き始める。
動物か、子供に絞った。だがどちらだ？　それ以外の可能性はあるか？　お化け？　幽霊？　妖怪？　そんな非科学的な……いやでも魔法少女が実在するのに、お化けや幽霊や妖怪を否定するのはどうだろう。さほど古くはないが、ある種の雰囲気がある建物ではある。見た目も大きなマッチ箱のようで、館系ミステリの舞台にできそうだ。昨日の肝試しの時も、脅かす側でありながら少し感じるものがあって――

「……ん？」

今なにか引っかかった。
ディティック・ベルは鳥打帽のつばを引き、食堂の中を歩き回った。証拠を探して歩いたのではない。頭の中の引っかかりを探すためだ。靴の踵《かかと》がリノリウムの床に当たって高い音が鳴る。
昨日食堂でなにがあった。パニック？　そうじゃない。パニックが起こる前、なにがあった。なにをした。そもそもの原因は……

「ああ！」

ベルは思い出した。
ベルの魔法は建物に顔を浮かび上がらせ、その顔と会話をするという魔法だ。発動にはキスが必要で、解除にもキスが必要となる。昨日の肝試しで食堂の顔を出してから大パニックになり、解除するのを忘れていた。つまり、先ほど顔を出すつもりでキスをしたのは解除のキスになっていたということになる。顔が出ないのも道理だ。

どっと疲れたが、まだ事件は解決していない。ベルが壁に口づけをすると、昨日と同じ顔が浮かび上がり、自分の推理が正しかったことを知った。

「さっさとキスし直せばよかった……」

「疲れた顔しとるのう」

「そんなのはもういいから、ここに置いてあった肉を盗んだ犯人を教えてよ」

顔の表情がくしゃりと歪んだ。申し訳なさそうでもあり、恥ずかしそうでもある。ディティック・ベルの知る限り、建物の顔がそのような表情を浮かべたことはない。

「まあ犯人は知っとるよ……ほい」

大きな口からぺっと吐き出された物はパックされた肉だった。べっとりと涎に塗《まみ》れている。ディティック・ベルはしばし呆然とし、やがていきり立ち、顔に詰め寄った。

「あんたなにしてくれてんの！」

「いやわからんよ。なぜか知らんが急にこの肉を口にしたくてたまらなくなってな。気がついたら舌を伸ばしてぺろりとな。本当不思議でならん。今までこんな気持ちになったことはなかった……それに今はこの肉を口の中に入れたいなんて気持ちはなくなっておる」

「言い訳なんて後でいいから！　それよりこれ洗わないと！」

水道の蛇口を捻り水を出した。幸い、パックは破れてはいないようだ。

「なんで命令以外のことすんのさ?」

「うむ。申し訳ない」

「しかしあんたらに物を食べる機能がついてるとは思わなかったよ」

「物を食べることなんてできんよ。できるなら肉が無事に残っているわけがなかろう。あくまでも口の中に入れておくだけだ」

「へえ。なんか密室殺人のトリックで使えそうな……」

まだ見ぬ密室殺人へと飛んでいこうとしたベルの心を外からかかった声が引き戻した。

「忍さーん!　まだー!?」

「は、はーい!　今まいりまーす!」

やはり現実の探偵はこんなものだ。肉のパックを水洗いしながらそう思った。

◇◇◇

オリエンテーリングで山の中を歩いている間も、さっき見た肉のことが忘れられなかった。あんなに大量の肉を見たことなんて今までに一度だってない。

先日、紀子が両親に連れられていった焼肉屋で食べた肉はとても美味しかった。バーべキューというのは初めてだが、あれと同じくらい美味しいだろうか。

「あ、あそこ！」

連れ立って歩いていた女の子が杉の木を指差した。幹に橙色の目印が括りつけられている。

「早くクリアしてさ、お肉食べに行こうよ」

「さんせーい！」

「ウェルダンで！」

「お肉美味しそうだったよねえ」

紀子が肉のことを考えていたのが魔法で伝播してしまったのかもしれない。一緒にいる友達も皆、バーベキューが楽しみだと笑っている。さっき食堂で肉を見た時は、手を伸ばしかけている男の子や食い入るように見詰めていた女の子もいた。あれも紀子の魔法の影響だろう。

「でもいいよね。美味しそうに思ってる方がきっと本当に美味しくなるし」

「ん？　なんの話？」

「なんでもないよ。ほら、早くスタンプ押そうよ」

マジカルイリーガルガール

『魔法少女育成計画』のマジカルキャンディー競争が
始まる数週間前のお話です。

N市で「金幇梅《きんほうばい》」が活動するようになったのはここ一年のことだ。元々N市を拠点としていたのは福建《ふっけん》系の「豊新園《ほうしんえん》」だった。地元の暴力団には需要、もしくはノウハウのない仕事――パスポート偽造や密航の手伝い等――を専門とすることで住み分けし、細々とN市の中で活動してきた組織だった。金幇梅が豊新園と入れ替わりN市で活動するようになった理由は少しばかり入り組んでいる。

上海《しゃんはい》系の金幇梅と福建系の豊新園は、かねてより……大体ベトナム戦争の前辺りから反目し合い、争いを繰り返してきた。長きに渡って様々な場所で殴ったり罵《ののし》ったりしていたが、三十年ぶりに金幇梅のボスが代替わりしたのをきっかけに、ボス同士が握手した。ただ争いを棚に上げたわけではない。彼らはなによりも面子《メンツ》を大切にする。双方が負けとならない形を作るため、足したり引いたりを綿密な打ち合わせの上に行い、支配や担当の入れ替えが行われた。両者が「勝ち取った」ということで顔を潰さないためである。

N市で豊新園が持っていた業務は金幇梅に受け継がれた。ただ受け継いだだけなら全く問題はなかった。地元の暴力団「鉄輪会《てつわかい》」とも住み分けはできていたのだから。

問題は、豊新園が建て前と本音を使い分けていたことにある。豊新園は鉄輪会と表向き仲良くやっていた。彼らの資金源には手を出さず、パスポートの偽造や密航の手伝いのみを資金源としていた……ように見せかけていた。実際には脱法ドラッグを売っていたし、ノミ屋もマンション麻雀もやっていた。鉄輪会とて馬鹿の集まりではない。気づいていないわけはなかったが、この規模なら目くじらを立てることもないと見逃していた。

そして豊新園と金帮梅が入れ替わった。金帮梅はどの仕事をどんな風にやるのか説明は受けても、機微《きび》については教えられなかった。あらゆる仕事に熱心に取り組むようになり、鉄輪会には「豊新園と入れ替わった新興勢力が街を乗っ取ろうとしている」ように見えた。

鉄輪会は用心棒魔法少女に命令を下し、金帮梅の拠点を襲わせた。ガンマンスタイルの魔法少女はたった一人で拠点を潰し、金帮梅の勢力はN市より駆逐されてしまった。


「これで終わりなら話は早かったんだが、そうはならなかった」

老人は一息つくと、右手のグラスを傾け、小半《こなか》らほどの赤い液体で喉を潤した。

「金帮梅はどういう種類の侮辱《ぶじょく》を受けたのか把握し、報復を企《くわだ》てている」

「それで?」

老人は左手に持った受話器に愁眉《しゅうび》を向けた。

「随分と気のない返事をするじゃあないか。私は友人である君のことを心配して連絡を入れたのだ。N市は危ないよ。魔法少女の潜伏先として良い場所とはいえない」

「友人など必要ありませんの。そんなもの邪魔なだけ。貴方《あなた》はただの取引相手」

電話口から聞こえる少女の声は、口調に反し、低く、落ち着いている。老人は右手のグラスをテーブルの上に置いた。

「この年齢《とし》になっても片思いというのは心にくるね」

悲哀をこめた口ぶりにも電話相手の反応はなかった。

「ところで『マーメイドの涙』の件だが、あれからどうなった？」

「喧嘩を売っていますの？　今忙しいから買ってる暇はありませんわよ」

「売るものか。それよりね。さっきもいったがN市はよくない。場所を移しなさい」

電話が切れた。老人は眉をひそめて受話器を見ていたが、ガウンの襟《えり》を正し、テーブルの上に置いた。眼帯を五センチ伸ばし、パチンと弾き、車椅子の背もたれに身を預けて嘆《たん》息《そく》し、背筋を伸ばして傍《かたわ》らに立つスーツの男に顔を向けた。

「なあ魚山《ととやま》。君は私の友人だよな？」

◇◇◇

リップルは中宿《なかやど》デパートの屋上にいた。黄昏《たそがれ》ているわけではない、と自分にいい聞かせている。夜のデパート屋上、特に「百円玉で動く遊具」や「ポップコーンの売店」は、そこにいる人を感傷的にする。

魔法少女になり一週間。活動にも慣れ始め、手に入るキャンディーの量も増えつつある。

カラミティ・メアリはあれ以来顔を見せない。顔を会わせることがなければ揉《も》め事も起こらない。トップスピードは二日に一度訪れる。鬱陶《うっとう》しく面倒臭いが、料理は美味い。

ただ、トップスピードは褒めれば褒めるだけ調子に乗るタイプで――

――ん？

人の声だ。深夜ともなれば人通りがなくなる中宿デパートの前で、屋上にまで聞こえてくるような声がする。目を落とすと、複数の人間がいた。怒鳴り声を出した男が手を伸ばし、その手をとられて投げ飛ばされ、もう一人は大きなスーツケースで殴り飛ばされ――

リップルはフェンスを飛び越え、ビルの壁を駆け下りた。面倒だが、魔法少女の出番だ。

◇◇◇

マーメイドの涙がケチの付き始めだ。テューダー朝《ちょう》だかヨーク朝だかの王侯貴族が愛したアクアマリンだかサファイアだかの宝石で、石油成金が手に入れたのを執事がちょろまかし故売屋に流したという宝石だ。リオネッタが仕事の報酬として受け取る予定だった。

別に宝石を愛でる趣味はない。死んだ父の知り合いだった富豪が、孫娘にプレゼントしたいという戯《たわ》けた理由でマーメイドの涙を欲しがっただけだ。古物商の真似事をして右から左に流すだけで良い収入となる。はずだった。

雇い主は渡したという。約束の時間に人形を持った魔法少女が来て持っていったと主張する。リオネッタはそれが嘘だと知っている。約束の時間に取引相手はいなかった。

主張が食い違い、どちらも譲らなかった結果、リオネッタはかつての雇い主から追われる身となった。先方によれば、リオネッタは報酬を二重取りしようとした泥棒ということになるらしい。リオネッタが「報酬を惜しんだのはそちらでしょう」と声高《こわだか》に叫んでも、それを聞き入れてくれる者は誰もいない。この世界は元々の力が主張の正しさを裏付ける。

リオネッタがリオネッタになる前からそうだった。正しい方が正しいというわかりやすい世界なら、リオネッタはきっと今でもお嬢様をしていたはずだ。

逃亡生活が始まり、リオネッタはN市に潜伏したが、父の知り合いだった富豪から「N市はよくない」と注意された。好きになれない相手ではあるが、とりあえず助言を容《い》れてN市を出ようと隠れ家から出たところで見咎《みとが》められた。リオネッタを探していた相手ではなく、別件で魔法少女を探していた組織……恐らく先ほどの話に出た金帯梅だろう。

こんな所で時間を浪費している場合ではなかった。チンピラ然とした三人の男に対し、一人は投げ飛ばし、一人は殴り飛ばした。最後の一人を蹴り飛ばそうとしたところで、人形の脛《すね》を柔らかな掌に押さえられ、ピタッと足を止められた。

——……ニンジャ？

下駄、赤いマフラー、手裏剣のような髪留めでつややかな黒髪をまとめ、横に流している。チンピラ三人が悲鳴を上げて逃げていくが、リオネッタはすでに見ていなかった。

忍者のような奇妙な衣装。整った顔立ち。なによりリオネッタの蹴りを止めることができた。即《すなわ》ち魔法少女以外であるわけがない。リオネッタは脱兎《だっと》のごとく走り出し、速度を落とすことなくシャッターを引き裂き、鉄の格子をへし曲げ、入り口のガラスを割ってデパートに侵入した。後方には追ってくる気配がある。追っ手だ。間違いない。

◇◇◇

人間ではない。人間大の人形が動いていた。

一見すると人間の少女にも見える精巧な造りの人形が、男達を投げ、殴り、蹴ろうとしていた。喧嘩の制止をしようくらいの軽い気持ちで間に入ったリップルは、人形が動いているという異常な事態に驚き、不意の行動に対処できず、デパートの中に逃げられた。すでに警備会社でアラームが鳴り響いているはずだ。だが放っておくわけにもいかない。少女の人形は、リップルが反応し損ねる機敏さでデパートに飛びこみ、容易には追いつけない速度で逃げていく。正体は未だ不明だが、少なくとも人間が対処できる相手ではない。そんな人形が人間を襲っていたのだ。別に関係ないか、で捨て置くのが細波華乃《さざなみかの》だったが、リップルになってそれはできなくなった。魔法少女という生き方は本当に面倒で鬱陶しい。

階段を十段飛ばしで駆け昇り、店の中の物を蹴散らして通り抜け、途中横合いから飛びついてきたマネキン人形に驚きつつもクナイで迎撃し、散々引き回されて屋上に出た。

少女の人形が屋上の金網フェンスを背にこちらを見ている。

リップルは、肺の中に押さえつけていた息を一度に吐いた。

◇◇◇

まずは人形をぶつけるのが、リオネッタの戦い方だ。人形なら何体やられても被害はない。仲間でも友人でも同志でもない。ただの物だ。潰されようと心が動くことはない。

人形……今回はマネキンに攻撃された魔法少女が、どのように反撃するのかを観察する。機敏に動く。判断力もいい。だが、強いというだけならばどうとでもできる。

問題は魔法少女が使う固有の「魔法」だ。リオネッタでは相性の悪い魔法だったり、相性以前に絶対的に強力な魔法だったりした場合は、弱点を探すか、戦いを避ける。

今回はそのパターンに当てはまらない。敵はマネキンにクナイを投げた。クナイは、奇妙に軌道を変えてマネキンに命中した。回転や空気抵抗で変化したというレベルの曲がり方ではない。これが敵の魔法だろう。リオネッタであれば、与《くみ》し易《やす》い魔法だ。

追っ手はまだ若い魔法少女だ。能力に経験が追いついていない。リオネッタとは年季が違う。殺して、殺して、殺されかけて、金のために働いて、魔法少女の力を私利私欲《しりしよく》に使い、人助けを遥か後方へ置き去りにしてきたリオネッタとは修羅場を潜《くぐ》ってきた数が違う。

始まりは父親だった。借金は、転がり続けてまともに働いただけでは返済不可能な額に達し、お金持ちのお嬢様が汚い仕事に手を染めなくては生きていけなくなった。汚い仕事に手を染めた後は、もう抜け出せない。血の赤色は染みこんで色落ちしない。

父親を苦境から助け出したくて始めた仕事ではない。クズのために苦労をするのは御免だ。父親がどうなろうと借りた金は娘が払うという理屈を押しつけてくる貸主が相手だったというだけだ。父親がどうなろうと知らないし、友人も仲間も同志も必要がない。リオネッタを縛るものは、リオネッタ自身の身の安全と、金だけだ。友達ぶって仲の良いふりをしても、いざとなれば崖の下に蹴り落とす。実際、似たようなことを何度かやってきた。

逃げ回る風を装い、デパート内のあらゆる人形に魔法をかけた。屋上で追っ手を待ち構え、デパート内の人形を動かして背後を襲う。挟み撃ちだ。マネキン、ぬいぐるみ、マスコット人形。リオネッタの魔法は「人形遣い」。操れる数にはまだまだ余裕がある。

◇◇◇

追い詰めたはずだった。屋上の扉を蹴り開け、対峙《たいじ》した少女人形のにやついた顔を見、背後からマネキンに襲われたことではめられたことに気がついた。マネキンの頭部を回し蹴りで飛ばし、膝にクナイを打ちこみ、殴り、叩き、破壊したところで後続がやってきた。

デパート内部に続く屋上の出入り口から、続々と人形が現われる。児童公園程度の広さに最低限の遊具と施設しかない殺風景な屋上が、遊園地のパレードを思わせる賑わいだ。

飛び、跳ね、場所を変え続け、囲まれないよう動き回る。足元を小さな生き物が走り抜けた。なにかが引っかかる。倒れそうになり壁に手をかけたが、今度はその手をとられた。

操り人形だ。本来は糸を使って動かすはずの操り人形が、自分で動いてリップルに糸を絡めようと群がってきている。魔法がかかっているのか、糸の強度は大きく上がっている。

次いでぬいぐるみが遅いかかってきた。動物をデフォルメ化したような可愛らしい外見だが、一体一体がその手に剃刀《かみそり》のような刃物を握っている。薄く鋭い刃で、糸に足をとられて動きが鈍ったリップルのそこかしこに切りつけ、血がしぶく。

怯《おび》えようとする心を叱咤《しった》し、萎《な》えようとする手足に怒った。小人の群れに抵抗せんとするガリバーのように、糸を引っ張り、操り人形を振り回し、背中の刀を抜き払った。

ぬいぐるみを切り刻み、未だ殺到する操り人形を蹴散らし、マネキンの拳を転がって回避した。蹴りを受け流し、手刀を避け、入り口から来た増援二体に刀を向ける。

等身大の人形二体は、白いスーツの老紳士と、赤いアフロの道化師だ。そういえば通ってきた店舗の中にファーストフード店があった。仲の悪そうなイメージに反し、二体はお互いの隙を補い合う絶妙なコンビネーションでリップルを襲う。ある程度受けつつもなんとか凌ぐと、今度はマネキンが群れをなして現れた。中途半端に服を着ている物、素裸でなにも着ていない物、全て一様に無表情で入り口から集まりつつある。その数は——リップルは一見《いちげん》で数えるのをやめた。無駄だ。

マネキンの陰でなにかが移動している。速い。他の人形にはない、吐き気を催《もよお》す圧力がある。陰から陰へ移動し、道化師の背に隠れ、そこからリップルに向けて爪を振るった。受け切れない。頬を引き裂かれ、血が迸《ほとばし》る。

一番最初の人形だ。美しい少女を模した球体関節人形が、右手の鉤爪《かぎづめ》を振るい攻撃してくる。少女の人形は素早くマネキンの陰に隠れ、再び気配を消した。

攻撃を受け切れなかったのは、球体関節と蛇腹《じゃばら》の腕のせいだ。あれによって稼動域が大きくなっている。攻撃が予想を超えて伸び、角度が限界を超えて折れ、それによってリップルの刀を擦り抜けた。仰《の》け反らなければ頸動脈《けいどうみゃく》を寸断されていたはずだ。

ぬいぐるみの群れが集まり、組体操のように重なり、一枚の壁になった、と認識した次の瞬間、ぬいぐるみの壁を貫いて鉤爪が繰り出された。

反射的に動いたのは刀ではなく左手だった。鉤爪を左掌《てのひら》で受け止める。貫かれ、手首の辺りまで切り裂かれ、血が弾けたが、リップルはそのまま鉤爪を握り止めた。捕まえた。リップルは右手の刀を逆手に握り直し、少女の人形に向けて振るい——その瞬間、カチリと音が鳴り、少女の人形は自らの右手首を外して後ろへステップし、リップルの刃は空を切った。虚を突かれ、空振りで体勢を崩したリップルに対し、薬局のカエルを先頭に、巨大な塊のようになった人形の群れが体当たりをした。

リップルは高々と宙を舞った。飛びながら視界の端に少女の人形を捉え、人形の嘲《あざけ》るような表情を見た。血液と同じ色の真っ赤な怒りが身体の中に充満していく。リップルは空中で一回転し、フェンスに着地するとさらに跳んだ。人形達の頭を跳び越え、屋上中央のベンチ脇に着地し、力づくで据え付け式の足を折って、ベンチを持ち上げた。

少女の人形、マネキン、道化師と紳士、ぬいぐるみ、操り人形が迫ってくる。リップルは怒った。押し寄せてくる理不尽に怒り、その怒りを骨と筋肉に伝えた。ベンチを保持し、一回、二回、三回、プロレス技でいうジャイアントスイングの要領でコマのように横回転させ、迫り来る人形を薙《な》ぎ払い、勢いをつけて屋上入り口に投げつけた。手の届く範囲にあった別のベンチも同じようにぶん投げ、目につくものを手当たり次第に破壊する。コンクリートが砂埃のように散り、もうもうと立ちこめ、風の一吹きで吹き消えた。

人形を叩き壊し、増援の来る入り口を塞いだ。だが、敵はまだ残っている。少女の人形が、投げつけたベンチの背を軽く蹴って着地した。最大の敵は、未だ動いている。

◇◇◇

若いということはエネルギーに溢れているということでもある。ベンチを投げつけるという荒々しい戦い方はリオネッタには真似できない。驚いたが、それで終わりだ。

荒業で力を使い果たしたのか、忍者はふらついていて、もはや倒れる寸前だ。好機と見たリオネッタは、前傾姿勢で駆け出した。足元のコンクリートを蹴り散らしながら右手首から先のジョイントをはめ、新しい部品と入れ替えた。手を握り、開く。

クナイが十本飛んでくる。一本一本が物理法則を超越した軌道を描き、リオネッタに向かって殺到する。速度もあり、重さもある。だが、読める。

右手で弾き、弾いたクナイで別のクナイを落とし、左手を盾に三本受け止め、一本は頭を下げて回避し、ボンネットが切り裂かれるだけに終わり、左手の鉤爪を射出して二本のクナイを空中で叩き落し、残る二本はリオネッタに到達することなく足元に突き立った。

クナイの投擲《とうてき》で最後の力を振り絞ったのか。敵の膝が崩れ、右手を突いて身体を支えた。

リオネッタはトドメを刺すべく、さらなる一歩を踏み出し――前のめりに躓《つまず》いた。地面に突き立った二本のクナイの間がキラと光った。クナイとクナイの間に透明な糸が結ばれている。操り人形の糸を解き、狙いを外したと見せかけ、クナイに結んで地面に打ったということか。なんのために？　リオネッタを躓かせるために、だ。

咄嗟《とっさ》に地面に手をついて転倒を防いだが、それにより右手が塞《ふさ》がり、右側から飛んでくる手裏剣を防ぐことができず、リオネッタの顔面が切り飛ばされた。

普通の肉体なら死んでいたが、人形の身体であるリオネッタにはまだ機会が残されている。顔を起こすと、すでに刀が振り下ろされる直前だった。

リオネッタは身体を庇《かば》うように腕を差し出し、右腕の肘から先を切り落とされた。

◇◇◇

相手が何者だろうかという疑問はすでにない。殺そうとしてくる敵がそこにいて、自分もまた相手を殺そうとしているという事実がここにある。起き上がってきた少女人形を蹴りつけ、上体を仰け反らせたところに斬りつけた。人形の綺麗な服を引き裂き、木製のボディーに深い傷をつける。が、まだ少女人形は動きを止めない。

少女人形は、肘から先を失った右腕でリップルの刀を受けた。袖《そで》は破け、木片が飛び、腕が短くなっていく。少女人形は強引に前に出てくる。リップルには好都合だ。

リップルはあえて敵の勢いに従い、押され、後退し、フェンスを背負った。これで背後から人形による不意討ちを受けることはない。少女人形の攻撃は大振りに、雑になっている。弾き、かわす。蛇腹の腕が伸びたが、刀の峰で受け流す。背後のフェンスが切り裂かれる音がした。連撃も全てフェンスにしか当たらない。

左腕を強く蹴り、人形の体勢が崩れた瞬間を狙って左膝にクナイを投げつけ、関節に楔《くさび》を打ちこんだ。倒れようとする人形に刀を振り上げた瞬間——背後から誰かに抱きつかれた。金属の冷たい感触がリップルの肌を刺す。刀が動かない。人形は全て破壊した。新しい人形が出現する入り口も塞いだ。背後にはフェンスしかなかったはずだ。混乱するリップルに鉤爪が突き出され、身を捻ってそれを避けた瞬間、見えない角度から飛んできた回し蹴りが後頭部に直撃した。鉤爪がフェイントでしかなかったことに気がつきながら、リップルは意識を失った。

◇◇◇

追っ手は本当に強い魔法少女だった。殺す覚悟と殺される覚悟を持ち、窮地に立たされても胸の奥に小暗《こぐら》い炎を燻《くすぶ》らせていた。三年後なら、二年後なら、一年後なら、倒されていたのはリオネッタだったのかもしれない。だが、今はリオネッタが勝った。

追っ手の身体を支えている人形にかけていた魔法を解除し、人形は元の金網に戻って崩れ落ちた。最後の局面、リオネッタは捨て身の攻撃を装い、追っ手の背後にあったフェンスを人間の形に切り裂いていった。急ごしらえで、作りが雑で、今にも壊れそうであったとしても、人形は人形だ。切り抜かれたフェンス人形を動かし、羽交い絞めにさせた。

リオネッタは、倒れて動かない追っ手に近寄った。左膝に受けたダメージは甚大で、足運びがぎこちなくなってしまっているが、それでもトドメを刺すくらいはできる。ここでトドメを刺さなければ、負ける時がいつかやってくる。

リオネッタは左手の指を窄《すぼ》め、追っ手の喉に狙いを定めて――

「お待ちください」

一切の気配を感じなかった。リオネッタは地面すれすれの低い姿勢をとって声の主に向き直った。若い女だった。月を背に、荒れ果てた屋上に長い影を落としている。

左膝の動きが悪い。右腕はズタボロだ。人形は殲滅《せんめつ》された。残った戦力は僅《わず》かだ。

「申し訳ありませんが、見逃してやってはいただけませんか。もうすぐ試験なのです」

相手は、脚に蔓《つる》を巻きつけ、肩に薔薇《ばら》を背負っている。魔法少女としても派手だ。見覚えがないはずのその魔法少女の姿に、その口調に、心の奥底が震える。

「どうしても、というのなら。私も戦わなければなりません。お望みならもう一度お相手をしましょう。以前と違う結果にならないとは限りせんから」

直感した。ここで戦えば敗北する。リオネッタはずずっ……と退《しりぞ》いた。

「しかし縁は異なもの。どうしても出会うようにできているのか。魔法少女にはそういうことが多いと聞いていましたが……」

背中を見せ、デパートの壁を獣のように駆け下りた。足元から怖気《おじけ》が上ってこようとするのを振り払い、ひたすら走った。金にならない戦いはしない、自分にそういい聞かせた。

◇◇◇

サイレンの音が聞こえる。パトカーと救急車、両方だ。デパート前に野次馬も集まり始めていた。リップルは肩で息をしながら下界に目を向けた。憩《いこ》いの場だった屋上は破壊され尽くし、デパートの周囲には上から叩き落されたマネキンとぬいぐるみが散乱している。

「なあ……これ、なにやったんだ？」

前の座席に座るトップスピードの口調が若干怯えの色を帯びていた。

リップルが意識を取り戻すと、ラピッドスワローの後部座席に座らされていた。トップスピードが到着した時にはリップル一人が屋上に身を横たえていたという。

リップルは負けた。屈辱と怒りが身体の中を震わせている。台風真っ最中の窓ガラスのように震えている。もしトップスピードがいれば勝てただろうか？　と考えてしまう自分になによりも怒りがこみ上げる。怒りに任せ、トップスピードの頭をぽかりと殴った。

「いって！　なにすんだおい！」

リップルは苛立ちと疲労を舌先に乗せ、思い切り舌打ちをした。血の味がした。

◇◇◇

「おお、生きて帰ってきたか。それは重畳《ちょうじょう》。で、それはそれとしてマーメイドの涙だが」

電話が切られた。老人はしばし受話器を見、「魔法少女、か」と呟き、興味を失くしたようにがちゃんと放った。唐突に表情を変え、機嫌よさげな顔を孫娘に向け、話しかけた。

「庚江《かのえ》。魔法少女は好きかね？　今はアニメ映画なんかもやっているだろう」

老人からそう問われた孫娘は、左手で巻髪を撫でつけた。制服のスカートの裾を押さえて膝を組み替え、丸テーブルの上にソーサーを置き、その上にティーカップを重ねた。

「死ぬ前に一度、可愛い孫娘と一緒に映画を観たい、なんていうんじゃないでしょうね？」

「そこまで殊勝な祖父だと思ってくれなくていい。純粋な好奇心だ」

口ぶりより遥かに幼く見えた少女は、そう問われ、口ぶり以上に年老いた光を目の奥に湛《たた》え、ゆっくりと瞬きし、次に目を開いた時にはその光も消えていた。

「昨今、魔法少女は物騒な話が多くて。それより甘いラブロマンスの方が好みですね」

老人は少女の目の奥にあった光には触れず、おどけたように腕を広げた。

「ラブロマンスね。祖父と一緒に観て楽しいものだと思うかい？」

「友人同士で観るなら楽しいんじゃないかな」

二人は顔を見合わせ、よく似た笑みを顔に浮かべた。

青い魔法少女の記憶

『魔法少女育成計画restart』のゲームが始まる前、
そしてゲームが終わった後のお話です。

私ですか？　え、「魔法の国」？　ひょっとして「魔法少女」関係の？　えええええ⁉

あ、すいません。その、歩いているところに声をかけるというやり方が「魔法」っぽくないというか……あ、そういうことじゃなくて。私が勝手に想像してただけなんです。大きな梟《ふくろう》が手紙を持ってくるとか、箒《ほうき》に乗った魔女が配達してくれるとかそういう勝手な想像が……本当すいません。

え、あ、はい。時間はあります。じゃあそこの喫茶店で。

ブルーコメット？　あ、はい。確かに会ったことはあります。もちろん忘れてません。今から二年前だったかな。ええっと、一、二……そうですね。二年前です。あの、ひょっとして怒られたりします？　そういう話じゃない？　どういう話なんでしょう？

彼女との出会いについてお話しすればいいんですか？　はぁ。

ええっと、二年前の私は中学三年生でした。やることといえば受験勉強、悩んでいることも受験勉強、頑張って勉強しているのに成績が下り、志望校のランクも下げなきゃならないかもしれないとうじうじしている毎日でした。

あ、カフェオレいただきます。

……どこまで話しましたっけ。そうです。受験勉強が面白くなくて、私の人生ずっと面白くないことばかり続くのかなって。退屈で退屈で、かといって退屈を吹き飛ばすような勇気なんてあるわけもなくて。

特にあの日は本当最悪で。自転車のチェーンが外れちゃったんですよ。図書館で稼いでさあ閉館時間だ帰ろうと思ったら、側溝脇のブロックに乗り上げた拍子にぽろっとチェーンが外れちゃって。当時の私はどうやったらチェーンが直せるのかという知識もなくて。人通りもないし、助けを求めることもできません。

外はもう暗くなってました。街灯の下まで自転車を引いていって、あれでもないこれでもないと色々試してみるんですけど、全然上手くいきませんでした。手は真っ黒になるし、もうどうしようっていう時に声をかけられたんです。

「よーっす！　お困りっすか？」

振り返ってびっくりですよ。

短めに切り揃えられた黒い髪と優しそうな薄茶色の瞳、というパーツ単位なら大人しいものですけど、すっごい美少女でしたからね。ほへーって感じで見とれちゃいました。しかもまた格好が凄い。どこかの民族衣装みたいな青いワンピースに、白のオーバーニー、それに真っ白でふっかふかの毛のマント。アニメとか、漫画とか、ラノベとか、受験体勢に入る前は浴びるほど読みました。そういう物語の中でならたくさん見てきましたけど、現実《リアル》でマントしてる人に初めて会いました。アクセサリー……なんですかね。今思うと本物なのかもしれませんけど、ホワイトタイガーみたいな白黒縞模様の尻尾までありました。

謎の美少女コスプレイヤー現る！　という感じです。秋葉原とか、そういう場所でならともかく、なんでこんな町に？　って混乱してる私を押しのけて女の子は自転車に手を触れました。押しのけられた時に、ふわっといい香りがしたのは今でもよく覚えています。

「お、チェーンすね。ちょっと見せてほしいっす」

　ひやひやしました。知らない人に自転車を触られるとかそういうのじゃなしに、女の子の服が汚れでもしたらどうしようって。だって高そうだったんですよ。ああいう衣装ってけっこうするっていう知識はありましたし。

　女の子はチェーンを斜めに噛ませてペダルを回し、あっという間に直してくれました。

「あ、ありがとうございます」

「いやいやお力になれたならよかったっすよ。それよりも」

　両手を差し出されました。すらっとした指で、白く綺麗な掌でしたが、油で黒く汚れていました。私は慌ててハンカチを取り出し、女の子の手をごしごしと拭きました。でも忘れてたんですよね。私の手もチェーンいじってたせいで黒く汚れてたんですよ。ハンカチはともかく、私が握った所も黒くなって、もう大慌てでパニックになりました。

「ええっと、そうじゃなくてっすね。まあとりあえず洗うっすか」

　女の子に手を引かれ、近くの蛇口にまで連れていかれて並んで洗いました。いやー近くで見ると本当に可愛い子で。あ、泣きボクロある。可愛いなーとかぼーっとしてたら急にこっち見るからびびりました。たぶんすっごくびくっとしました。でも女の子は全く気にした様子もなくいうんです。

「あ、そうだ。これ渡さなきゃダメっすよね。さーせんっす」

ぱっぱと手を振って水を切りながら私にぽんと手渡したのはどう見ても麩菓子《ふがし》でした。ビニールで梱包されたメーカー品じゃなくて、お婆ちゃんが経営してる駄菓子屋の店先で売ってるような……大きさバラバラで形も不揃いなやつです。

麩菓子をいったいどうすればいいんだろうと酷く中途半端な笑顔で女の子を見返しました。私ほどではないにしても、女の子も戸惑っていたようです。

「これとなにかを交換してほしいっす」

「はい？」

「交換っすよ、交換。なんでもいいからお願いしたいっす」

会話といえないような会話をしながらも、女の子は水を切るため手を振り続けていました。ただ、話の方に集中して注意が散漫になっていたのでしょう。あっと思った時には振っていた手が勢いよく電柱に当たって、ぱーんと電柱の一部分が弾けました。コンクリートが散弾銃の弾丸みたいに飛んでいって……散弾銃見たことありませんけど。図書館の壁にガツガツ当たって、今度は壁が欠けました。

女の子は電柱と図書館の壁を交互に見て「あ、やっべ」みたいな顔をしました。私はそんな女の子を見て……なんていうんだろう。とにかく驚いて、あとは少し嬉しかったたっていうのかな。十数年生きてきて、漫画みたいなことが初めて起こったんです。それがすごく嬉しかったんだと思います、後から考えてみると。

私は思いっきり食いついていました。たぶん目をキラキラ輝かせてたと思います。

「エスパー？　ミュータント？　能力使い？　来訪者？　異星人？　異能体？　サイボーグ？　ロボット？　次元旅行者？　選別者？　神様？　実験体？　妖術師？　異種族？」

「はい？」

「超戦士？　不死人？　覚醒者？　使徒？　眷属《けんぞく》？　悪魔使い？　忍者？　魔法少女？」

「えっ？　なんで魔法少女だって知って……」

「魔法少女!?　魔法少女なんですね!?」

「あ、いや、あの」

「お願いします。誰にもいいませんから、事情を教えていただけませんか」

女の子に掴みかかっているのか拝み倒しているのか、どっちかよくわからないほどの勢いでした。今までの人生であそこまで懸命だったことは、たぶんありません。初めての漫画的体験をここで終わらせたくない。その一念だけで、とにかく必死だったんです。

女の子は「本当に内緒っすよ」といいながら、事情を教えてくれました。

女の子の名前はブルーコメット。

「す、すごい名前ですね」

「まあ芸名みたいなもんっすね」

フィクションだとしか思っていなかった「魔法少女」の実在に胸の内を高ぶらせながら私は彼女の話を聞きました。

ブルーコメットは現在、師匠の名前「ラピス・ラズリーヌ」を受け継ぐ資格があるかどうかをテストされている。テストの内容は、市内にいる「困っている人」を助け、その人とアイテムを交換していくことで少しずつアイテムのグレードを上昇させていくというもの。日付が明日になるまでに、師匠にも認めてもらえるであろう素晴らしいアイテム――具体的に指定されているわけではなく、「ラピス・ラズリーヌ」にふさわしいアイテムであればなんでも良い――をゲットできれば、テストは合格である。

といったことを丁寧に教えてもらい、私は確信しました。これは本物だ。そしてこれを逃がしたら、もうチャンスはない。私は「不思議」も「ファンタジー」も体験することなく良い人生もしくは悪い人生を終えることになる。良し悪しに関わらず、私の人生はきっと平凡なものだろう、と。

「ブルーコメットさん」

「なんすか？」

「交換なら、これを」

鞄の中から万年筆を取り出して彼女に見せました。その年の正月にお年玉で購入した万年筆です。確か五千円くらいだったかな。けっこう使いやすく、重宝していました。ですが本物の不思議を味わう代価としてなら惜しくありません。私は現在の所持品の中で、最も高価であろう品を彼女に差出したのです。

「おお、麩菓子から一気にランクアップっすね。ありがてーっす」

受け取ろうとした彼女の手を避け、私は万年筆を胸元に引き寄せました。

「それで……一つ相談なのですが」

「なんすか?」

「交換してあげますから……その代わりに私もご同行してよろしいでしょうか」

まず断られるだろう。断られたらどうやってごねてやろう。そう考えていたのですが、思いの外《ほか》あっさりと「交換条件なら仕方ないっすね」と了承されました。

母には友達のご両親が親戚のお葬式で留守になるから友達の家に泊まって一緒に勉強をすることにした、と電話連絡を入れました。一応真面目な娘で通してきたので、不審に思われることはなかったと思います。ブルーコメットにも友達のふりをして電話で話してもらいましたし。「ちーっす、どもどもー」という軽い挨拶が私の友達っぽくないキャラで少々不安になりましたが。

「そういや聞いてなかったっすけど、お名前は?」

「あ、谷津三春《やつみはる》といいます」

「おお、三春っちっすね」

「ええと……っち?」

「『る』なら『っち』っすね。『こ』なら『ちゃん』っしょ。んで『よ』なら『氏』っすよ」

正直、なにをいっているのかよくわかりませんでしたが、わかっているような顔で頷いておきました。そもそも魔法少女というのがなんなのか、私の知っている魔法少女と同じものなのかもわかっていませんでしたし。

ああ、これが魔法少女のルールなんだなと思いました。

やはり、魔法少女とは不思議なものなのです。私は自転車を全力でこいでようやく彼女に追いついていくことができましたが、それでも彼女には足手まといだったようです。度々足を止めてはこちらを振り返って「まだかな?」という表情を浮かべていましたし、「自転車は電柱登ったり屋根に上がったりできなくて不便っすよねぇ」なんて同情されました。

どうやって困っている人を探すのか不思議に思っていたんですが、聞いてみたら「勘が告げるっすね。だいたいこっちじゃねーかって」

というアバウトな返事が返ってきました。

　実際に、彼女の勘は優れていたのかもしれません。彼女が指す方に走り続けて十五分。小さな駅の前でお婆さんがバックパッカー風の白人男性と話をしていました。お婆さんは小柄で、白人男性は私より頭二つ分は大きく、しかも声も大きかったので、印象としてはなんだか恐ろしげでした。白人男性は、なにかを訴えようとしているのですが、お婆さんは言葉がわからないらしくて首を傾げるばかりです。周囲で見ている人は何人かいましたが、心配そうにしているだけで、助けに入ろうとはしません。

　ブルーコメットはさっと二人の間に入ると、男性と話し始めました。いや、あれは会話というか……なんだったんでしょうか。お互い全く違う言葉を使いながら、なぜかコミュニケーションがとれている、というとても不思議な状態で……券売機を指差したり、乗り場を指差したり、最後は二人で笑ってハグをし、朗らかに手を振って外国人男性はホームへと消えていきました。

「あの……なんだったんです？」

「どうやって目的の駅に行けばいいのかって困ってたから教えてあげたんすよ」

「言葉、わかったんですか？」

「全然わかんねーっすけど、まあ勘でなんとなくっすね」

勘。これが魔法少女の力だというのでしょうか。

要所を隠しつつお婆さんに事情を話すと「今の子は面白い遊びをしてるのね」とハンカチを一枚、万年筆と交換してくれました。スミレ草の上品な刺繍《ししゅう》が入っている白いハンカチ……けっこう高そうでした。

その後もアイテムは転々と変化していきました。

だだだだーっと建物を駆け登ったり……そう、よじ登るのではなく駆け登るのです。駆け登ったり、しゅんっと消えてしゅんっと現れたり、とにかく動き回って「困ってる人」を探してくるのです。私はついていくだけでいっぱいいっぱいでした。

ぐずって歩こうとしない子に、さらさらっとキャラクターのイラストを描いてプレゼントし、スプーン曲げの手品を見せて……実際はただの馬鹿力だと思いますけど、泣き止ませました。

「絵、上手いんですね」

「魔法少女はそれだけじゃ食ってくことができねーっすからね。手に職つけとけばいざという時でも困らねーって師匠がいってたっす」

急いで合コンに行かなきゃいけないのに、なかなか化粧がきまらないとトイレで苦闘していたOLさんに、ぱぱっとお化粧してあげました。化粧前を知ってるからいえますけど、別人みたいっていうか美人になり過ぎてるっていうか、これじゃ詐欺なんじゃないのっていうか。ＯＬさんも感動してたみたいでした。

「お化粧も、上手いんですね」

「魔法少女は変身しても元の顔が微妙に透けるんすよ。だったら元の顔を化粧で隠しとかないと正体が割れちゃうっす。これも師匠の教えっすね」

二人組の男の人にナンパもされました。髪の毛がやたら明るい色の二人でした。同じクラスにもナンパされたなんて子はいません。私立の真面目な学校だったというのはあったかもしれませんけど、でも中学生ではまだ早い……んじゃないかなあと思います。

ナンパが人助けなのかなあ？　と思いましたけど、「ちょっとでいいから遊ぼうよ」「助けると思ってさ」という二人に、「人助けなら仕方ないっすね」と大はしゃぎのブルーコメットに手を引かれてカラオケへ……私は保護者抜きでカラオケに行くなんて初めてで、もうがっちがちで。なにをどう歌ったのかとか覚えてません。とにかく間をもたそうと思ってピザとかパスタとか食べてました。

ブルーコメットはガバガバ飲んで、男の人達にも同じように飲ませて、ガンガン歌って、気がついた時には男の人は二人とも正体がなくなるくらい酔っ払っていました。交換してほしいというブルーコメットのお願いに、鈍く光る銀色の鎖……シルバーアクセってやつですか？　それを差し出してくれて、それから五分もしない間に高鼾でソファーに横たわっていました。

「基本、毒は効かないからどんなに飲んでも酔ったりしないっす」

「はあ」

「飲みながら歌うと酒の回りが早いっすからね。これで酔い潰してお持ち帰りするというのが師匠の教えっす……いや、今回はしねーっすよ？　特にお気に入りの子がいた時の話っす」

「は、はあ」

いったいどんな師匠なんだろうと。たぶんろくでなしだと思います。

それに比べると、うっかり車道に飛び出しかけた塾帰りの小学生の襟首《えりくび》を掴んで助けたのはまっとうだったと思います。あっと思った時にはもう動いてましたからね、彼女。目にも止まらない早さでした。

「人間をはるかに上回る脊髄反射の速度と適用範囲を、訓練によってさらに強化し、いざという時に素早い行動ができるようにする……師匠はそういってたっす」

「すごいんですねぇ」

「極めると身体が無意識に動くらしいっす。脳が完全に停止した状態になっても、少しなら動けるって師匠はいってたっすね。冗談だと思うっすけど」

「あ、あはは……」

子供を泣き止ませた時は、その子のお母さんからハンカチをストールに交換してもらい、お化粧をした時はストールをイヤリングに、カラオケで歌って飲み食いした時はイヤリングがシルバーアクセになりました。

で、小学生を助けたんですが、塾帰りの小学生がそんなに「いいもの」を持っているわけがないんですよね。でも交換はしなきゃいけない、というわけでシルバーアクセをあげて、代わりに小さな人形をもらいました。少年漫画のキャラクター人形……ラムネ菓子のおまけについてるやつですね。食玩《しょくがん》ってやつです。

結局、私が麩菓子をもらうことでこのゲームを知り、自ら巻き込まれていき、最後はお菓子のおまけにいきついたのが妥当というかなんというか……小学生はシルバーアクセを喜んでくれたんですけどね。かっけーとかすげーとかいってました。でもこっちとしては、せっかくだんだんいいものになっていってたのに、元に戻っちゃったっていうか。

もう夜もとっぷりと更けました。携帯電話の時刻表示は十時半です。今からやり直しても間に合うだろうか……私がそんなことを考えていた時です。ブルーコメットが走り出しました。

「ちょっ……どうしたんですか！」

「なんかこっちでいいことありそうな予感がするっすよ！」

私はもう意地になって自転車をこぎました。ブルーコメットはたぶん加減して走ってくれてるんでしょうけど、それでもついていくのが辛《つら》かったです。息が切れて太股《ふともも》が張って、翌日筋肉痛コースです。

どれだけ走ったのか、いつのまにか繁華な場所から外れて、街灯の数も減った辺り……人の声よりも野良犬の遠吠えが聞こえてきそうな地域にたどり着きました。アスファルトが剥がれてるような箇所がそこかしこにあって、暗い中とても自転車で走れたものじゃなくて。私が自転車から降りたのと、ブルーコメットが足を止めたのがほぼ同時……ビルの陰から男の人が出てきたのがそれから一分もしなかったと思います。

私はどきりとしました。思わず後ずさっていました。男の人は頭を剃りあげていて、黒いスーツに金と銀のストライプのネクタイ、シャツは真っ赤……要するに「堅気に見えない」タイプの人で、場所柄といいその筋の人としか思えなかったんです。

男の人は迷う様子なくブルーコメットに近寄ってきました。近くで見るとスーツがはちきれそうに見えました。筋肉でパンパンで、この人が怒り出しでもしたら誰が止められるんだろうと私は一人震えていました。

「『魔法少女』さんかい？」

印象から一ミリもズレることのないドスの利いた声でした。

「そっすよ」

「そうかい。待ち合わせの時間にゃまだ早いが……早いなら早いで助かるな」

「助かるならよかったすね。人助けが本業っすから」

ブルーコメットは、相手が怖そうな人であると認識していないような、そんな朗らかな声で返しました。怖そうな人はくぐもった声で肩を揺らして笑いました。

「そいつぁいい。確かにあんたは人助けが本業、か。人形が目印って聞いてたが……」

「人形ならあるっすよ」

さっき小学生からもらった食玩のキャラクター人形を見せると、怖そうな人は「人形遣い、だな」と呟き、二度頷いてジュラルミンケースを寄越《よこ》しました。

「依頼の内容は『マスター』に伝えてあるぜ。報酬はそっちのお望み通りのモノだ。換金が必要なら勝手にやってくれ」

「お金もらったって困るっすからねえ」

「じゃあ渡したぜ」

こちらに顔を向けたまま後ずさっていこうとする怖そうな人を「ちょっと待って」とブルーコメットが呼び止めました。

「この人形、もらってってくれないと困るっすよ」

「いや、そんなもんもらっても」

「助かるなっていってたじゃないっすか」

「ああ、助かったよ」

「だったら交換するのがルールっすよ」

「そう……なのか？　よくわからんが」

難しい顔で食玩を睨みながら、出てきた時と同じように、ビルの陰に消えていく怖そうな人……というか怖い人でいいと思います。消えていく怖い人を見て、私はようやく息を吐くことができました。あの人が出てきてからここまで、ずっと呼吸を止めてたんですよ。自転車こぎ続けて息も絶え絶えだったっていうのに。

「お知り合い……ですか……？」

「いや、知らない人っすね」

ジュラルミンケースに鍵はかかっていませんでした。開けてみると、中はワインレッドの柔らかそうな布地が張られていて、八つの出っ張りで真ん中の宝石をがっちりと固定していました。そう、宝石があったんです。

私はようやく呼吸できるようになったのに、また息を止めました。赤ちゃんの拳くらいある青い宝石で、綺麗にカットされていて……いやでもあれが本物の宝石なわけないですよね。いったいいくらするんだって話ですし。それとも物によってはあれだけ大きくても安かったりするんですかね。私、宝石詳しくないんでよくわかりませんが。

ブルーコメットはそっとジュラルミンケースの蓋を閉めて、私に手を差し出しました。

私はなんとなく握り返しましたが、求められていたのはハイタッチだったのかもしれません。柔らかい掌だったことはよく覚えています。

「ミッションコンプリート！　これなら師匠も納得っす！」

「お、おめでとうございます」

絶対失敗したと思っていたのに、最後は強引に目的に達する、というのがなんというか……なんなんでしょう？　これが魔法少女というものなんでしょうか。


これで私の「不思議」で「ファンタジー」な体験は終わります。この後は二十四時間営業のファミレスでブルーコメットと食べたり話したりして……楽しかったですけど、不思議でもファンタジーでもない終わり方で締めでした。

あの日以降、あんなに不思議なことは経験していません。志望校に合格できたとか、そういう嬉しいことはあったけど……彼氏はいません。はい。

魔法少女になりたいなって思いは今でもあります。あの子は本当に楽しそうに魔法少女をやってましたから。でも難しいんでしょうね。彼氏を作るのとどっちが難易度高いのかな。

◇◇◇

それで私は……私は……あれ？　今なんの話してましたっけ？

白髪混じりの髪を背中へ送り、深緑色のジャケットに袖を通す。初老の女性が、自動ドアの閉まる音を背に喫茶店を後にした。

手を組み、そのまま頭の上に掲げて背を伸ばす。背骨の鳴る音が響いた。

「ねえねえ師匠」

女性が傍らに目をやると、そこには学生服の少女がいる。その瞳はなにかしらの期待にきらきらと輝いて見えた。

「あの子の記憶、消しちゃってよかったの？」

「あなたが読み取ったあの子の記憶は聞いた話で全てですね？」

「そうだよ」

「なら消した方がいいでしょう」

「師匠」は、閉じたシャッターが目立つ商店街を歩き始めた。少女もそれに続く。

「二代目のこと覚えてる人がみんないなくなったら寂しいんじゃない？」

「そんな感傷的なことを考えなくてもよろしい。あなたが三代目になろうという時、二代目の不行跡《ふぎょうせき》のせいで差し障りがあったら困るでしょう？　あの子はどうも正体を隠そうとか魔法少女は伏して秘すものとかそういう部分が欠落していたように思えます」

「師匠の教えのせいじゃない？」

「ええ、私の教えのせいかもしれません。私が『魔法の国』の調査で咎められないためにも、やはりブルーコメットに関する記憶は消さなければならないのです」

「いいのかなあ」

「いいんですよ」

「師匠」は足を止めて少女を振り返った。目元の下げ方が寂しそうでもあり、口角の上げ方は楽しそうでもある、そんな表情でこういった。

「皆が忘れても私はあの子のことを覚えている。それでいいじゃないですか」

クランテイルさんの友達

『魔法少女育成計画restart』のゲームが
終わってすぐの頃のお話です。

風呂上り、髪の毛をタオルでわしわしと拭きながら「魔法の端末」をチェックすると「魔法の国」からメールが来ていた。魔法少女に変身する前の身長体重と、魔法少女に変身した後の身長体重を計測し、このメールで返信してほしい、とのこと。変身前と変身後でどの程度体格が変化するものか統計をとるのだという。

最近こういうメールが増えてきた。誰かが「問題を起こす魔法少女があまりにも多いから、意味もないメールを入れてチェックしているふりだけでもしている」といったことをいっていた。プフレだった気もするが、シャドウゲールだったような気もする。誰がなにをいったか記憶しておくことはどうにも苦手だった。

それはそれとして、尾野寧々《おのねね》は思う。身長体重をある程度自由に変化させる魔法少女はどうすればいいのだろうか、と。

ドライヤーで髪を乾かしながらメールの文面を読み直す。

「寧々ー。湯冷めしないようにしなさいよー」

「はーい」

部屋の外からかけられた声に返事をし、もう一度メールを読み直す。チェックしているふりだけのメールならそこまで正確さを求めることはないだろう。一番スタンダードなポニー変身時のサイズでも送っておけばいい。だがそのいい加減な返事によって統計に悪影響を及ぼしたらと考えると、けしてよいことではない。

ならば最も大きなサイズと最も小さなサイズを出し、身長一～四十メートルといったように可変性があることに言及した上で送り返すべきだろうか。だが統計をとるというのなら、それによって数字が変わってしまうということでもある。変身できる動物一つ一つについてサイズを計り、平均値を出してメールするべきでは？

どうするのが正解なのか、寧々にはいまいちよくわからない。

「寧々ー。ドライヤー空いたら洗濯機の横に戻しておいてー」

「はーい」

最も正解に近いのは、どうすればいいのかという質問を記した上でメールを送り返すことかもしれない。だがそれで相手は気分を害さないだろうか。「チェックしているふりだけでもしている」ようなメールで、そこまで面倒なことを考えなくてもいいのに、と思われたりはしないだろうか。

寧々はいつもこんなことに悩まされている。空気を読めといわれても、見えないものをどうやって読めというのだろう。

動物好き、と思われることが多いが、実際にはそこまで滅茶苦茶に好きだというわけではない。寧々にしてみれば普通だ。人から嫌われがちな蜘蛛やゲジゲジ、ゴキブリやミミズといった生き物も、可愛らしい犬や猫といった生き物も、あくまで「普通」だ。「普通」に接しているのが、人から見ると愛好しているように見えるらしい。

椅子に腰掛け、部屋を見渡してみると、蜘蛛や蛇といったぬいぐるみが箪笥《たんす》や本棚の上に所狭しと飾られている。自分で購入したわけではなく、寧々がそういった生き物が好きなのだと思った両親が、どこかで見つける度買ってきてくれるためこうなった。特別に大好きというわけではないのだが。

「寧々ー。晩御飯、芋茎の粕汁《かすじる》と野沢菜の粕汁、どっちがいいー?」

「野沢菜ー」

ただし人間と比べた場合は、相対的に動物好きといえるかもしれない。人間のことは明確に苦手だった。

まず、顔を覚えることができない。年代ごとに皆同じような顔に見えてしまう。覚えていないことがわかれば相手は気を悪くする。

さらに、余計なことをいって相手を怒らせてしまう。だったら黙っていればいいかというと、そういうわけでもない。無愛想な子だといわれ、かえって怒らせる。寧々がよかれと思っていったこと、やったことも良くとってはもらえない。

人間と付き合うことは難しい。十四年間一緒に暮らしてきた両親とでさえ完全に意思の疎通ができているわけではないし、寧々が生まれる前から一緒だった父と母でさえ、完璧に理解し合っているというわけではないようだ。このお笑い芸人はつまらない、面白い、この女優は綺麗だ、そうでもない、といったことで意見を戦わせていることが多々ある……幸いにして仲が悪いというわけではないらしい。

動物と付き合う方が気楽だった。近所の野良猫なら、どこを撫でれば喜んでくれるか、一匹一匹の違いがわかる。庭の蜘蛛にも、色、艶《つや》、大きさ、巣の形に個性が見える。人間ならこうはいかない。

初めて人間の友達ができたのは、つい最近だ。あのゲームの中では、いつもと同じように振舞っていたら寡黙で落ち着いているとでも思われたのか、リーダーを押しつけられた。リーダーとして皆を率いるのは、とても辛くて、苦しくて、怖くて、ろくな思い出がなくて、なのに楽しくて、その楽しかったことを思い出すと悲しくなる。

あの時は悲しさを怒りに変えた。そうしなければ、きっとあそこで負けていた。今はもうそんなこともできない。

「寧々ー。もう五分でご飯できるわよー」

「うん」

もう人間の友達ができることはないのかもしれない、と思う。現在、寧々の友達候補としてはプフレとシャドウゲールがいるが、先日会った時にシャドウゲールを怒らせたような気がしてならない。

初めて会ったシャドウゲールは、目の縁をマジックペンで黒く塗り、眼鏡のような模様を描いていた。寧々は「いったいなんだろう」と凝視してしまい、恐らくはそれによってシャドウゲールは機嫌を損ねた。あの日は終始機嫌が悪かったように思えてならない。結局、口に出さなくても顔に出てしまう。他人のファッションに文句をつけるほどのセンスなんてないのに。

もっと、なにか、気の利いたことがいえる、やれる人間だったら。そう思い、だが、そんな自分はもはや自分以外の何者かではないかとも思う。うじうじと悩む自分は好きではないが、悩まない自分は、きっと自分ですらない。

ペチカがいればなんといってくれるだろう。きっと料理を作ってくれる。それが一番の慰めになることを彼女は知っている。那子なら「HAHAHA!」と笑い飛ばしてくれそうだし、リオネッタなら「あらいやだ」と皮肉の一つも口にするのではないだろうか。

と、掌中《しょうちゅう》にある魔法の端末が着信音を鳴らした。シャドウゲールからだ。今まさにシャドウゲールのことで後悔していた寧々は、多少動揺しながらも電話に出た。墓参りについての打ち合わせだろうか。

「今からそちらに行ってもいいですか⁉」

挨拶もなしに切り出された。口調が激しい。

シャドウゲールはまくし立てた。

「もうあんなやつの近くで生きていくのはごめんです。当分の間顔も見たくありません。信じられます？　あいつ、みんなの反応が面白かったなんて理由でずっと……一週間以上もイタズラ続けてたんですよ？　顔にイタズラ書きって子供じゃないんだから！　私にバレないよう、バレないよう工夫を凝らして、鏡を見る機会を奪ったり、鏡を見る直前にイタズラ書きを落としたり……で、さっきようやく気がついて怒ったら『護《まもり》は大人気《おとなげ》ないなあ』ってクッソ！　思い出しても腹が立つ！　もう悪魔と一緒に生きていくのはやめます私は人として生きていくことに決めましたチクショウめ。ご面倒をおかけして大変恐縮ですが、数日間でかまいませんからご厄介になることはできないでしょうか。その間になんとか身の振り方を考えます。本当すいません。尾野さん以外の知り合いだとあの悪魔に報告しそうなやつしかいなくて。頼ることができるのがあなたしかいないんです」

「お待ちしています」

「ありがとう！　恩に着ます！　すぐに行きますから！」

　電話を切った。

　プフレとシャドウゲールは本当に仲がいい。

「寧々ー。ご飯よー」

「今行くー」

　友達が一人、来ることを伝えなければと寧々は椅子から腰を上げた。母も寧々に友達がいると思ってはいないのではないだろうか。高校生の友達が来て驚く母を想像する。悪くなかった。

あとがき

ちーっす、どうもーっす、お久しぶりでーす、遠藤でーす。

今回はいつもと趣向を変えて短編集です。そう、初短編集なのです。一粒で何度も美味しい作りになっております。サイト掲載分とは修正やらなにやらが入って変化していますので、そちらと見比べてみるのもまた一興かもしれません。三十三人の魔法少女達の活躍をお楽しみください。

そう、三十三人です。一人リザーバーか途中乱入者に回してトーナメント大会が開ける員数です。解説や審判に回していいですし、人によっては救護班とかラウンドガールの方がいいかもしれませんが、「全魔法少女入場‼」から始まって、「デカァァァァいッ、説明不要！」とかそういう面白紹介を交えつつ数ページ使ってキャラクターが登場する、そんな人数なのです。

三十三人の魔法少女全員を登場させる、という案は短編執筆も終盤に差し掛かってからいただきました。「盛り上がるっすよー、楽しいっすよー」「そっすよねー、よーしやっちゃうぞー」という軽いノリで始めましたが、とても大変でした。三十三人という人数は大体いつもの二倍です。殺さなくていいとはいっても生半《なまなか》な人数ではありません。荒木《あらき》又右衛門《またえもん》だとしても途中で力尽きて倒れるような人数です。

私は担当編集者のS村さんにお願いしました。

「あの、あとがき削ってもいいですか？　三十三人全員出せそうにないんですが」

「あとがきは削らないでください」

「でもページが足りないんです」

「ならもうあとがきに出せばいいじゃないですか（笑）」

現実の会話の中で括弧笑いという記号を確かに感じるという得がたい体験をさせていただきました。S村さん、本当にありがとうございました（棒）

幸いにして、ノルマ達成のため無理やりあとがきにねじこまれる可哀想な魔法少女は発生しませんでした。ありがとう魔法少女。

一つお知らせです。

この本の短編とは別に、短編集発売記念短編という短編でゲシュタルト崩壊を起こしそうな短編が、発売後近日中に「このライトノベルがすごい！文庫」公式サイト（URLアドレスは帯をご参照ください）内の「月刊このラノ」にて掲載予定です。リップルとスノーホワイトが活躍するお話が、ページ数の都合により押し出される形になってしまいました。他の短編に比べると長く、それだけ読み応えもあるといいなあ！　よろしくお願いします。

ご指導いただきました編集部の方々、なにかと体調を崩すせいで胃や喉の心配までしていただきましたS村さんには（このあとがきを読むと信憑性はなくなるかもしれませんが、本当の本当に）感謝しております。

マルイノ先生、ありがとうございました。今回は特に並々ならぬご負担をおかけしました。ディティック・ベルとラピス・ラズリーヌの衣装交換イラストにはぎゅっと拳を握りました。チェルナー・マウスもいるのでパーティー勢揃いですね。もう一人は透明になってイラスト中央あたりにいると思います。

最後に読者の皆様。お買い上げいただき誠にありがとうございました。次なる展開をしばしお待ちください。

こんな所も見て下さって
ありがとうございます
手のひらサイズの
チェルナー（変身後）が
欲しいなと思う今日この頃です。
「チェルナー失敗した!!!」とか
言いながら家荒らされたいです。
ありがとうございました★
今回星いっぱい巻です…
マルイ

本書に対するご意見、
ご感想をお待ちしております。

| あて先 |

〒102-8388　東京都千代田区一番町25番地
株式会社 宝島社　編集2局
このライトノベルがすごい!文庫 編集部
「遠藤浅蜊先生」係
「マルイノ先生」係

このライトノベルがすごい!文庫 Website
［PC］http://konorano.jp/bunko/
編集部ブログ
［PC&携帯］ http://blog.konorano.jp/

この物語はフィクションです。実在する人物、団体等とは一切関係ありません。

KL!
このライトノベルがすごい！文庫

魔法少女育成計画 episodes
（まほうしょうじょいくせいけいかくえぴそーず）

2013年4月24日　第1刷発行
2015年9月24日　第2刷発行

著　者　遠藤浅蜊《えんどうあさり》

発行人　蓮見清一
発行所　株式会社 宝島社
〒102-8388　東京都千代田区一番町25番地
電話：営業 03(3234)4621 / 編集 03(3239)0599
http://tkj.jp
振替：00170-1-170829 (株)宝島社

印刷・製本　株式会社廣済堂

ISBN978-4-8002-0934-4

このライトノベルがすごい!文庫
最新情報は公式サイトをチェック!
http://konorano.jp/bunko/
新刊情報、書き下ろし新作短編など、随時更新中!
このライトノベルがすごい!文庫"スペシャルブログ"には書き下ろし外伝、新刊試し読みなどコンテンツ盛り沢山!
http://blog.award2010.konorano.jp/
編集部からの最新情報は、"編集部ブログ""公式twitter"にて!
編集部ブログ http://blog.konorano.jp/
公式twitter @konorano_jp
このライトノベルがすごい!文庫 発売日は10日ごろ!